HERRJE! WIE SCHRECKLICH! HOL MICH RUNTER, ERZWO!
DUH-WIEP!
DAS IST NICHT LUSTIG! MEINE SYSTEME LAUFEN HEISS!
KICHER

OH...
ZZRRRT
...JE!
DORT
KLANG
AUTSCH!
ZZZRRAAP
FÜR EIN KINDERMÄDCHEN BIST DU NICHT SEHR NETT!
VRRRT
TRIIIUUUTT!
NAK!

NAK PITAREEZE! WIE OFT HAB ICH DIR GESAGT, DU SOLLST ERZWO UND DREIPEO NICHT ÄRGERN?
DEINE ELTERN KOMMEN IN EIN PAAR TAGEN ZURÜCK UND WÄREN SEHR BÖSE, WENN DU UNSERE WÄCHTER ZERSTÖRT HÄTTEST!
JETZT GEH INS HAUS. ZEIT ZUM ABENDESSEN.
TUT MIR LEID, OPA ...
OH! MEINE GYRO-SCHALTKREISE!
TWARK!
GUTEN ABEND, BALTO. GRÜSSE LILTA UND DIE KINDER!
MACH ICH, BARON!
WARUM BAUST DU KEINE RAUMSCHIFFE MEHR, OPA?
DAS IST EINE LANGE, TRAURIGE GESCHICHTE...
ICH FINDE ES SCHADE ...
ICH AUCH, PITAREEZE...

HÄTTE DEIN GROSSVATER VOR JAHREN UNSER ANGEBOT AKZEPTIERT, GÄBE ES JETZT ZAHLREICHE GRECK-KREUZER IN DER GALAXIS...
UND DU WÄREST EIN SEHR REICHER JUNGER MANN!
REICH?
SIE MEINEN PITAREEZE-KREUZER, JACE FORNO!
JA, NATÜRLICH, ABER MIT IHREM KÖNNEN UND OLAG GRECKS VERBINDUNGEN IM SENAT...
WIE REICH?
GRECK HAT MICH BETROGEN UND DEN NAMEN MEINER FAMILIE ZUM GESPÖTT GEMACHT!
LASSEN WIR DIE VERGANGENHEIT RUHEN, BARON. IHRE BEMERKENSWERTEN HYPERTRIEBWERKE WÄREN SEHR PROFITABEL!
VON INTERESSIERTER SEITE IST WEGEN DIESER TRIEBWERKE KONTAKT MIT MIR AUFGENOMMEN WORDEN. MEINE INTERESSENTEN HABEN... ÄH... POLITISCHE BEDEUTUNG.
INTERESSIERT MICH NICHT...
VIELLEICHT KÖNNEN WIR SPÄTER DARÜBER REDEN?
RAUS HIER!

NUN GUT... ABER ES IST EINE SCHANDE, DIE FAMILIE PITAREEZE IN ARMUT ZU SEHEN. GUTEN ABEND, BARON.
OPA, MEINT SIE ES ERNST ?
SEI STILL, JUNGE! ICH ERZÄHLE DIR VON OLAG GRECK...
ALS WIR UNS KENNENLERNTEN, ZOG ICH OLAG INS VERTRAUEN. ER HAT DIE KONSTRUKTION DES PITAREEZE-KREUZERS BEAUFSICHTIGT...
DOCH ER HAT MEIN VERTRAUEN MISSBRAUCHT. EINES NACHTS STAHL ER DIE BAUPLÄNE.
OLAG BAUTE EINE MINDERWERTIGE VERSION MEINES SCHIFFS UND NANNTE SIE „GRECK-KREUZER". ER BOT SIE ZUM VERKAUF AN, BEVOR ICH MEINEN PROTOTYP FERTIG HATTE. ES WAR EINE KATASTROPHE.
ZUERST BAT ER MICH UM HILFE... ICH SOLLTE DIE WENIGEN GRECK-KREUZER, DIE ER VERKAUFT HATTE, „VERBESSERN". ALS ICH MICH WEIGERTE, SCHOB ER DIE GESAMTE SCHULD MIR ZU.
WIR SIND ZWAR NICHT REICH, JUNGE, ABER WIR HABEN UNSERE EHRE.

GUTEN MORGEN, RATS-MITGLIED TORBA. WILLKOMMEN AUF DER HOSK-STATION!
BITTE SEHR! DIE BESTEN KREUZER IN DER GALAXIS, EIN JEDER UNERREICHT, WAS SEINE GESCHWINDIGKEIT BETRIFFT.
HA! EHRLICH GESAGT WEISS ICH ALLES ÜBER IHRE KREUZER. ICH UND MEINE TEILHABER SIND LEDIGLICH AM PITAREEZE-HYPERRAUM-ANTRIEB INTERESSIERT.
NUN JA... DIE TRIEBWERKE IN DIESEN SCHIFFEN BASIEREN AUF DEN MODIFIZIERTEN PITAREEZE-PLÄNEN...
HMF! MEINE TEILHABER INTERESSIEREN SICH NUR FÜR PITAREEZES MT-5-EINHEIT.
WIR KÖNNEN NICHT DIREKT MIT DEM BARON VERHANDELN... ER WEIGERT SICH, BEIM BAU VON SCHIFFEN FÜR MILITÄRISCHE ZWECKE MITZUHELFEN!
WIR WOLLEN DIESE EINHEIT, OLAG... BESORGEN SIE SIE UNS, UND VIELLEICHT ÜBERSEHEN WIR WEITERHIN GEWISSE UNREGELMÄSSIGKEITEN AUF DIESER STATION.
SEHR WOHL, TORBA!
MEINE WENIGEN ERLEBNISSE AUF DIESER STATION WAREN UNERFREULICH, MASTER NAK! DARF ICH DICH BITTE NACH HAUSE BRINGEN?

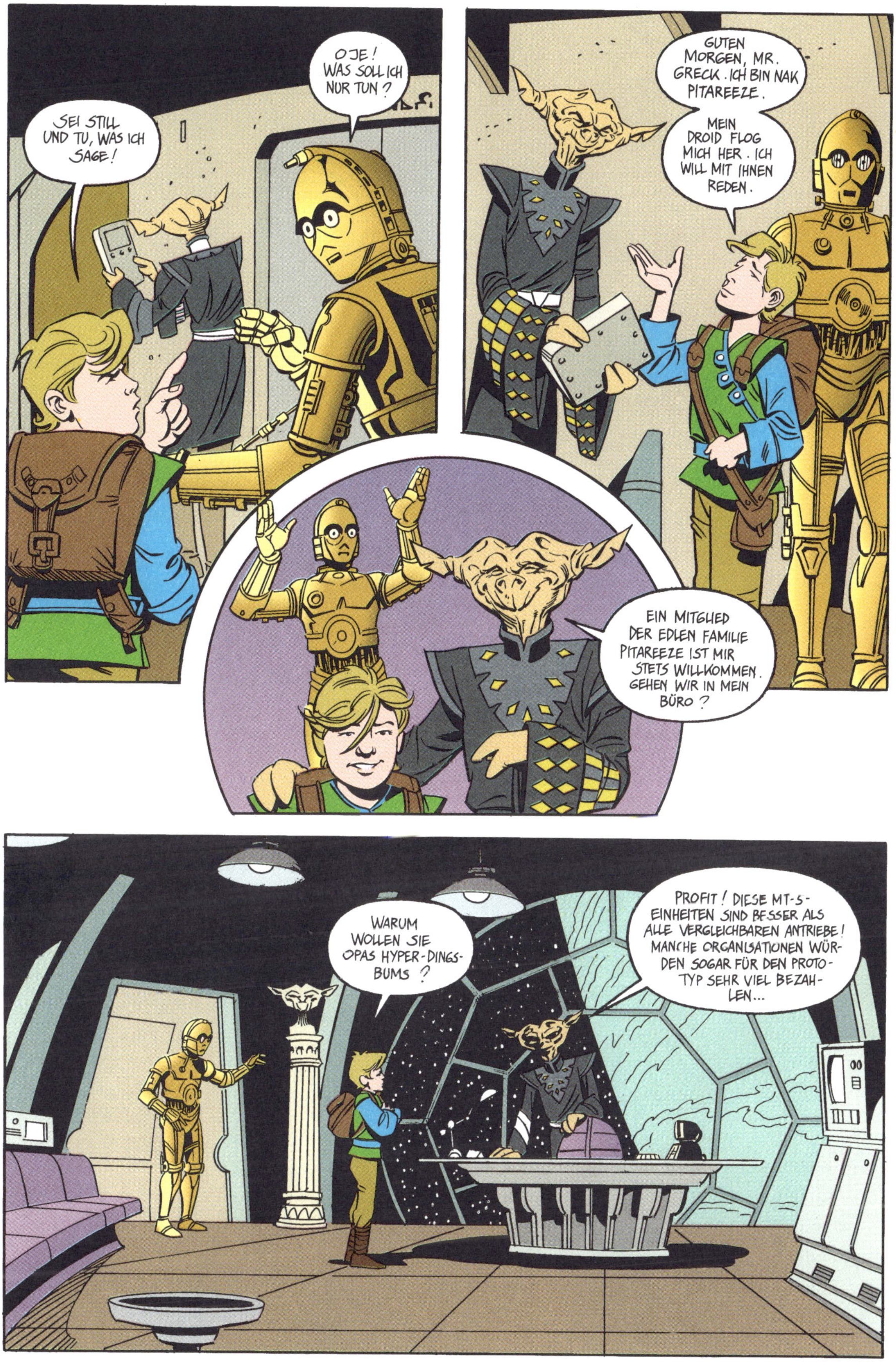
SEI STILL UND TU, WAS ICH SAGE!
OJE! WAS SOLL ICH NUR TUN?
GUTEN MORGEN, MR. GRECK. ICH BIN NAK PITAREEZE.
MEIN DROID FLOG MICH HER. ICH WILL MIT IHNEN REDEN.
EIN MITGLIED DER EDLEN FAMILIE PITAREEZE IST MIR STETS WILLKOMMEN. GEHEN WIR IN MEIN BÜRO?
WARUM WOLLEN SIE OPAS HYPER-DINGSBUMS?
PROFIT! DIESE MT-5-EINHEITEN SIND BESSER ALS ALLE VERGLEICHBAREN ANTRIEBE! MANCHE ORGANISATIONEN WÜRDEN SOGAR FÜR DEN PROTOTYP SEHR VIEL BEZAHLEN...

WOLLEN SIE DAS HIER?
ICH HABE ES GESTERN AUS OPAS BÜRO GE-SCHMUGGELT!
AAAHH!
VERZEIHUNG, ABER IST DAS NICHT UNSCHICKLICH? DEIN GROSSVATER WÄRE BESTIMMT SEHR BÖ-SE, WENN ER ES...
...ER-FÄHRT?
WIE SOLL ER ES ERFAHREN? VON EINEM ABGESCHALTE-TEN DROIDEN?!
BZZZZT
OH!
DAS IST NICHT DIE ANTRIEBSEINHEIT, DU NARR! DAS IST EIN HYDRO-KOMPRESSOR! SCHLUSS JETZT! ICH WILL DEN PROTO-TYP!
CCRUNNCH
UND ICH WEISS, WIE ICH IHN BEKOMME!

BARON PITAREEZE? ICH HABE EINEN FUNKSPRUCH VON HOSK!
HOSK? NA GUT... STELLEN SIE IHN DURCH.
ICH HABE KEINE ZEIT FÜR SO WAS, OLAG...
DA BIN ICH ANDERER ANSICHT, ALTER FREUND. DEIN ENKEL IST EIN DIEB. ICH HABE IHN ERWISCHT, WIE ER EINEN MEINER UNBEZAHLBAREN KREUZER STEHLEN WOLLTE.
NAK !?
ICH KÖNNTE DIESEN KLEINEN KRIMINELLEN INS NÄCHSTE GEFÄNGNISSCHIFF WERFEN, ABER DA ICH EIN MITFÜHLENDES VERNUNFTWESEN BIN, KÖNNTEN WIR EINE VEREINBARUNG TREFFEN...
ICH SEHE DICH HEUTE NACHMITTAG IN HANGAR 18. VERGISS DEN PROTOTYP NICHT!
WAS SOLL ICH TUN, ERZWO? OHNE DIESEN NEUEN ANTRIEB BIN ICH RUINIERT. ICH HABE VERLOREN... ALLES VERLOREN...
TWIET-DUUH...

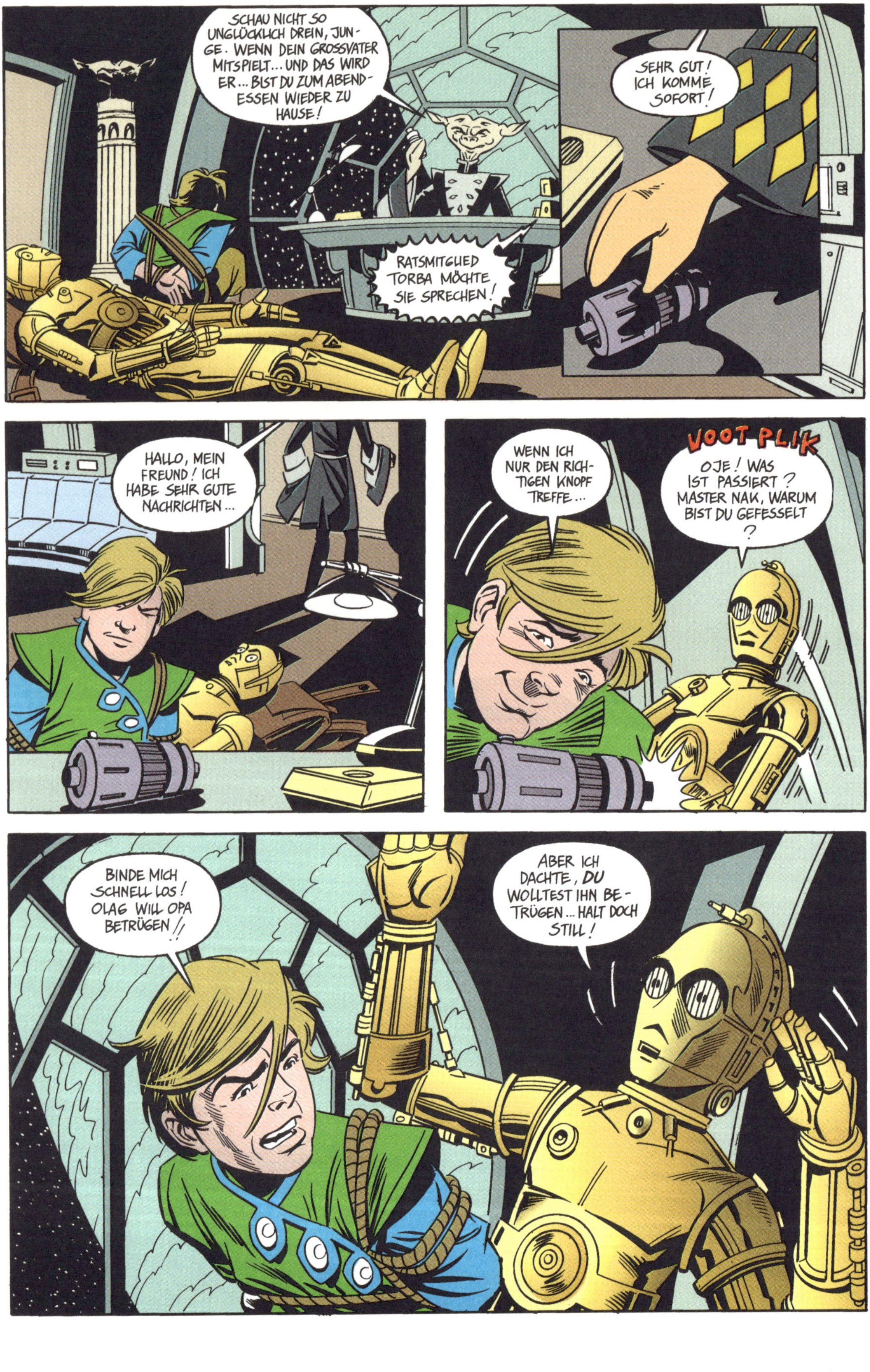

SCHAU NICHT SO UNGLÜCKLICH DREIN, JUNGE. WENN DEIN GROSSVATER MITSPIELT... UND DAS WIRD ER... BIST DU ZUM ABENDESSEN WIEDER ZU HAUSE!
RATSMITGLIED TORBA MÖCHTE SIE SPRECHEN!
SEHR GUT! ICH KOMME SOFORT!
HALLO, MEIN FREUND! ICH HABE SEHR GUTE NACHRICHTEN...
WENN ICH NUR DEN RICHTIGEN KNOPF TREFFE...
VOOT PLIK
OJE! WAS IST PASSIERT? MASTER NAK, WARUM BIST DU GEFESSELT?
BINDE MICH SCHNELL LOS! OLAG WILL OPA BETRÜGEN!!
ABER ICH DACHTE, DU WOLLTEST IHN BETRÜGEN... HALT DOCH STILL!

BITTE WARTE AUF MICH!
SCHNELL, DREIPEO! WIR MÜSSEN NACH HAUSE UND OPA AUFHALTEN!
CHUT HOO?
MOG GREE TUK SHEE DA!
HMM...
ER SAGT, MASTER OLAG HAT BEFOHLEN, NIEMAND PASSIEREN ZU LASSEN! WIR KOMMEN NICHT AUF DAS SCHIFF!
DANN NEHMEN WIR EIN ANDERES! SCHNELL!
OJE!
TOSK MO DA!
ICH WEISS AUS ERFAHRUNG, DASS MASTER OLAG ES NICHT GERN SIEHT, WENN MAN SEIN EIGENTUM STIEHLT!
KOMM!
BEEEOWW

FLIEG SCHNELLER, DREIPEO! WIR MÜSSEN ZU HAUSE SEIN, BEVOR OPA LOSFLIEGT!
ICH GEBE MEIN BESTES, MASTER NAK. ABER WENN ICH DAS SAGEN DARF... DIESES SCHIFF IST SCHLECHT GEBAUT!

ALS PROTOKOLL-DROID SIND MEINE RAUMFLUG-KENNTNISSE BESCHRÄNKT, UND WENN ETWAS SCHIEFGEHT...
OJE, OJE...
SPLINK
WARUM MÜSSEN MEINE FLÜGE NACH KALARBA IMMER SO EREIGNISREICH SEIN?

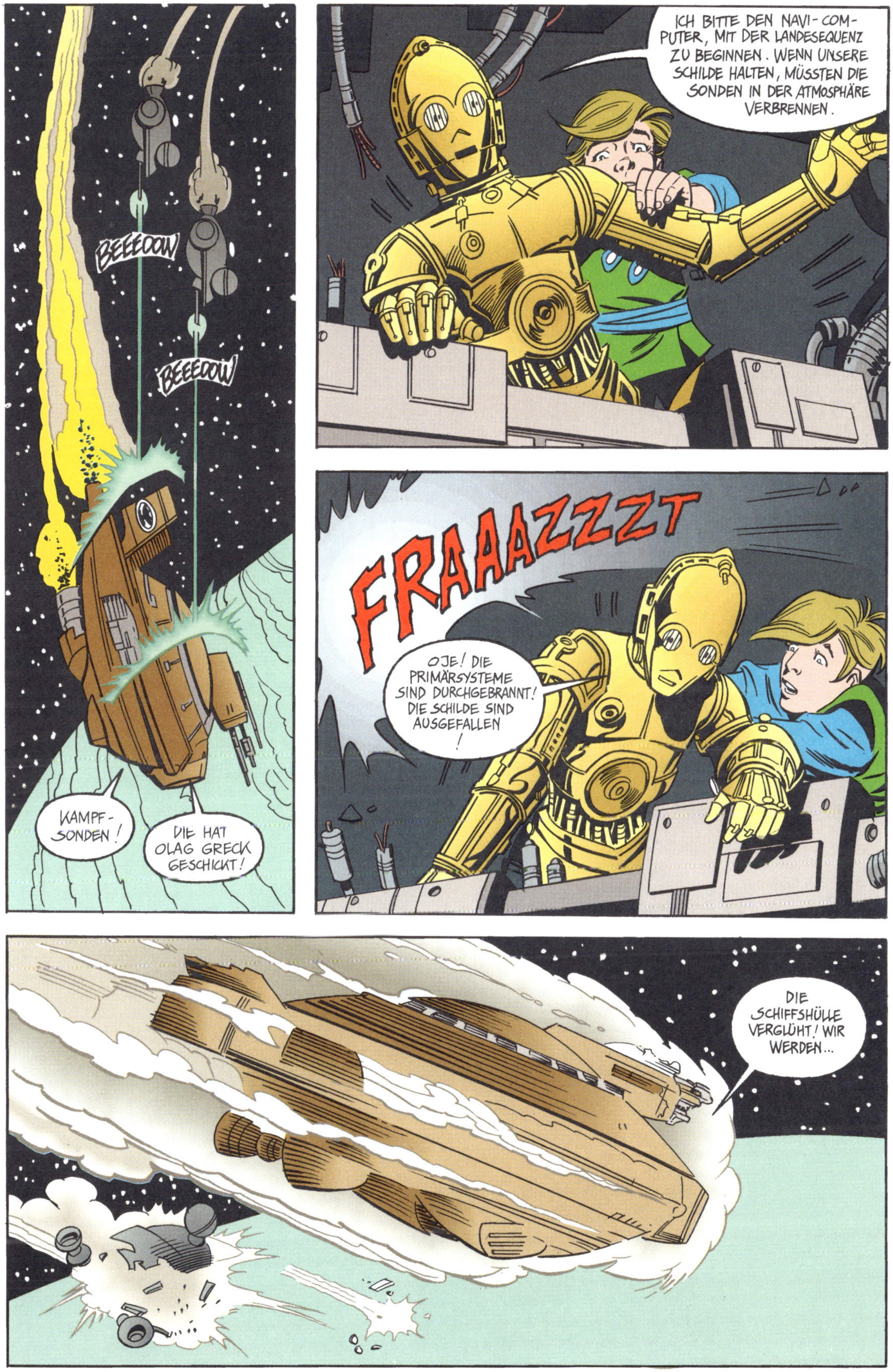
BEEEOOW
BEEEOOW
KAMPF-SONDEN!
DIE HAT OLAG GRECK GESCHICKT!
ICH BITTE DEN NAVI-COMPUTER, MIT DER LANDESEQUENZ ZU BEGINNEN. WENN UNSERE SCHILDE HALTEN, MÜSSTEN DIE SONDEN IN DER ATMOSPHÄRE VERBRENNEN.
FRAAAZZZT
OJE! DIE PRIMÄRSYSTEME SIND DURCHGEBRANNT! DIE SCHILDE SIND AUSGEFALLEN!
DIE SCHIFFSHÜLLE VERGLÜHT! WIR WERDEN...

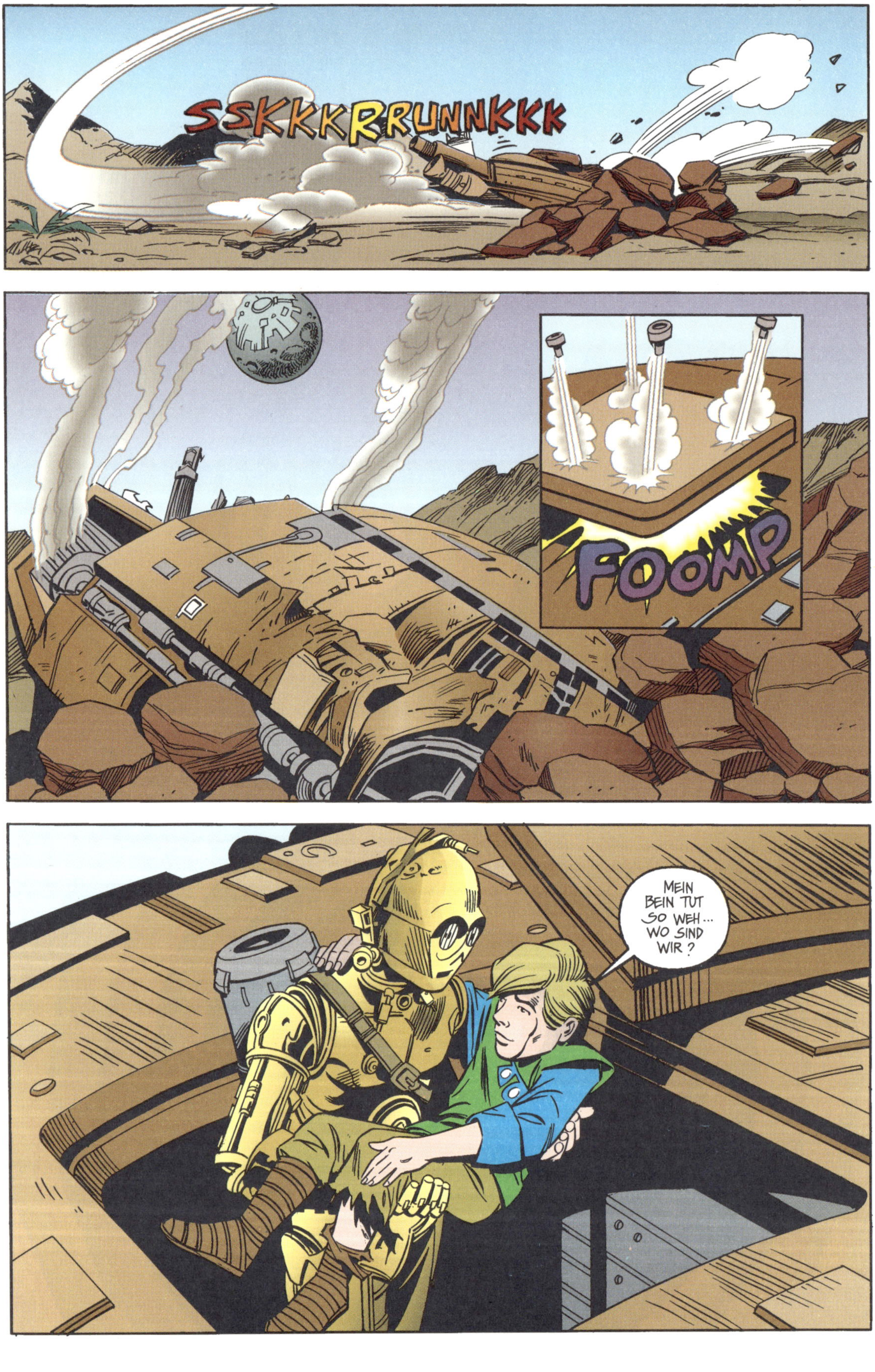
SSKKKRRUNNKKK
FOOMP
MEIN BEIN TUT SO WEH... WO SIND WIR?

IST ES GE-BROCHEN?
KEINE ANGST, MASTER NAK. ES IST NICHT WEIT ZUM HAUS. ICH WERDE DICH TRAGEN.
DREIPEO... ES TUT MIR LEID...
... DASS ICH GESAGT HABE, DU WÄREST NICHT NETT, UND DIESE STREICHE GESPIELT HABE...
ICH WOLLTE ES NICHT, ABER MAMA UND PAPA SIND IMMER AUF GESCHÄFTSREISEN, UND OPA ARBEITET IMMER IN SEINER FABRIK AN SEINEN MASCHINEN...
ALLES IST MEINE SCHULD...
DESHALB BIN ICH SO BÖSE... VERSTEHST DU?
ABER, ABER... SO SCHRECKLICH BIST DU DOCH GAR NICHT. ICH HABE MAL EINEM HUTT-JUNGEN GEDIENT... DU MEINE GÜTE, DER WAR EINE PLAGE...

DU UND ERZWO, IHR SEID FREUNDE, ODER?
O NEIN! VIELLEICHT GEFÄHRTEN, ABER ICH WÜRDE DIESEN STARRKÖPFIGEN, UNHÖFLICHEN, SCHLECHT FUNKTIONIERENDEN SCHMIERÖLKLUMPEN NIE EINEN *FREUND* NENNEN.
KÖNNEN AUCH DROIDEN BÖSE SEIN?
NUR SO BÖSE WIE IHRE BESITZER! EINIGE GUTE DROIDEN WURDEN UMPROGRAMMIERT, DAMIT SIE SCHRECKLICHE DINGE TUN.
DAS GILT ABER NICHT FÜR DICH! WIE FRECH ICH AUCH BIN, DU WIRST NIE BÖSE!
WEIL MIR DAS GAR NICHT MÖGLICH IST.
OH... ACH JA.
WIR SIND ZU HAUSE!... WO IST DIESER ERZWO?
HE! WO SIND DIE ARBEITER?

BALTO! WO SIND DIE GANZEN ...
NAK! DREIPEO! DEN STERNEN SEI DANK! ETWAS SCHRECKLICHES IST PASSIERT!
BARON PITAREEZE HAT DIE FABRIK GESCHLOSSEN! ER KAM HEUTE NACHMITTAG FURCHTBAR WÜTEND AUS SEINEM BÜRO.
ER HAT UNS NACH HAUSE GESCHICKT UND FLOG DANN MIT ERZWO ZUR HOSK-STATION!
ER NAHM DEN LETZTEN SHUTTLE NACH HOSK ... ICH KONNTE IHM NICHT FOLGEN!
HE, DIESES SCHIFF DA ...
DAS IST NICHT DEIN ERNST! ES STEHT SEIT JAHREN DA!
NA JA, ICH KÖNNTE DIE TREIBSTOFFZELLEN AUFLADEN ... ES IST SEHR SCHNELL.
WIR MÜSSEN ETWAS TUN ...
„... BEVOR ES ZU SPÄT IST!"
MEINE HERREN, ICH VERSICHERE IHNEN, MEINE TECHNIKER HABEN HEUTE EINE PITAREEZE-MT-5-HYPERRAUM-ANTRIEBSEINHEIT IN DIESEN KREUZER EINGEBAUT!
ACH JA? KÖNNEN SIE DAS BEWEISEN?

MACHEN SIE EINEN PROBEFLUG! MIT DER MT-5-EINHEIT KOMMEN SIE IN DER HÄLFTE DER NORMALEN ZEIT PER HYPERRAUM-SPRUNG INS ALDERAAN-SYSTEM!
SEHR SCHÖN. ABER WENN SIE UNS HINHALTEN WOLLEN...
UNSINN! ICH WÜRDE DOCH NIE MIT EINEM MITGLIED DER HANDELSKOMMISSION SCHERZE TREIBEN!
DA FLIEGEN SIE.
DIE WERDEN MIR KEINE VORWÜRFE MEHR MACHEN...
...UND DIE SABOTAGE HÄNGE ICH DEM BARON AN!
ABER VORHER HOLE ICH MIR DEN ECHTEN MT-5!
SNUURK TA GUHT?
NATÜRLICH WIRD DER BARON TUN, WAS ICH SAGE! ER KANN NOCH NICHT WISSEN, WAS MIT SEINEM ENKEL PASSIERT IST!
OLAG! DU... DU UNGEHEUER!
OH, BARON, BITTE.

WO IST DIE EINHEIT?
IN DER NÄHE. ICH WILL ERST MEINEN ENKEL SEHEN!
DU WIRST GAR NICHTS MEHR SEHEN, WENN DU SIE MIR NICHT GIBST!
DU BIST VERRÜCKT!
TUUUWIEET!
ICH BIN NICHT VERRÜCKT! ICH BIN VERÄRGERT!
ICH WILL DIESE EINHEIT!
ERZWO... GIB SIE IHM.
MR. OLAG, SIR... EIN FUNKSPRUCH FÜR SIE!
DURCHSTELLEN!
GANZ RUHIG, BARON, ODER DEIN ENKEL STIRBT!

EURE LORDSCHAFT.
SCHWEIG, HÄNDLER! MEIN ADJUTANT, RATSMITGLIED TORBA, IST TOT!
DEIN KREUZER HAT SICH IM HYPERRAUM EINFACH AUFGELÖST!
ICH VERSTEHE NI... GNK ...
LÜG MICH NICHT AN! MEINE PERSÖNLICHEN ADJUTANTEN WERDEN MORGEN FRÜH DIE MT-5-EINHEIT ABHOLEN...
keuch
MEIN GEBIETER WILL DIESE EINHEIT HABEN, ODER ER WIRD SEHR UNGEHALTEN SEIN!
ENDE DER ÜBERTR...
BZZZT
UND ICH DACHTE, GAMORREANER WÄREN ZÄH!
BEI DEN GIPFELN! BALTO! WIR MÜSSEN NAK SUCHEN!

NAK IST BEI DREIPEO. DER JUNGE HAT MIR DEN WEG ZU OLAGS GEMÄCHERN VERRATEN.
ABER WIE BIST DU VON KALARBA HIERHERGEKOMMEN?
DU WIRST ES SEHEN! ERZWO, RUF DAS SCHIFF! SCHNELL!
OLAG WIRD NICHT LANGE IN SEINEM BÜRO BLEIBEN!
VRIIET!
ZZEEOOOW!
ICH BIN NICHT MEHR VERÄRGERT ...
... ICH BIN WIRKLICH WÜTEND!
GIB MIR DIE EINHEIT, DROID! DU HAST SIE NOCH!
VVURRROOOO...
WAS ...?

WWOOO OOSH!
VERGISS SIE, DU OCHSE! WIR HABEN DIE EINHEIT! VERSCHWINDEN WIR!
GUT GEMACHT, ERZWO!
GROSSVATER!
KOMM HER, JUNGE!
DEIN BEIN! DU BIST VERLETZT!
MIR GEHT'S GUT ... DANK DREIPEO. ABER DIE MT-5-EINHEIT ... TUT MIR LEID ...
... NICHT SO LEID WIE OLAG ...
„ ABER WIR WARTEN LIEBER NICHT AB, *WIE* LEID ES IHM TUT! "
ENDLICH! DIE IMPERIALE MARINE ZAHLT MIR EIN VERMÖGEN FÜR ...
TEK
SPRRT!
... EINEN SPEISEHYDRATOR?
ICH BIN TOT!

OLAG HAT DIE MT-5-EINHEIT NIE GESEHEN. ICH HABE EIN STÜCK SCHROTT SO UMGEBAUT, DASS ES WIE DIE EINHEIT AUSSIEHT, UND ERZWO HAT ES IHM GEGEBEN! HAH!
WÄHREND WIR DEN MORGEN GENIESSEN, FLUCHT DIESER SCHURKE BESTIMMT!
SCHÖN, DASS SIE ES SO AMÜSANT FINDEN, BARON ...
... ABER ICH BEFÜRCHTE, DASS ERZWO SICH AN SOLCHE UNEHRLICHKEITEN GEWÖHNEN KÖNNTE!
ZUM GLÜCK IST DIR NICHTS PASSIERT, VATER!
DAS HAST DU GUT GEMACHT, NAK. ABER DAS ENTSCHULDIGT NICHT, WAS DU DEINEM GROSSVATER ANTUN WOLLTEST ...
DEIN VATER HAT RECHT, NAK. ABER DAS ERKLÄRT NICHT, WARUM DU SEIT UNSERER RÜCKKEHR SO ABWEISEND BIST.
ICH HABE NACHGEDACHT... ÜBER WIRKLICH WICHTIGE DINGE.
ICH WEISS, DASS ICH EINEN FEHLER GEMACHT HABE. ICH DACHTE, MIT OLAGS GELD KÖNNTE ICH MIR ... LIEBE KAUFEN!
MANN, WAR ICH DUMM!
ICH BRAUCHE FREUNDE ... FREUNDE, DIE BEI MIR BLEIBEN, WEIL SIE ES WOLLEN, UND NICHT, WEIL SIE ES MÜSSEN.

ENDE DIESER EPISODE

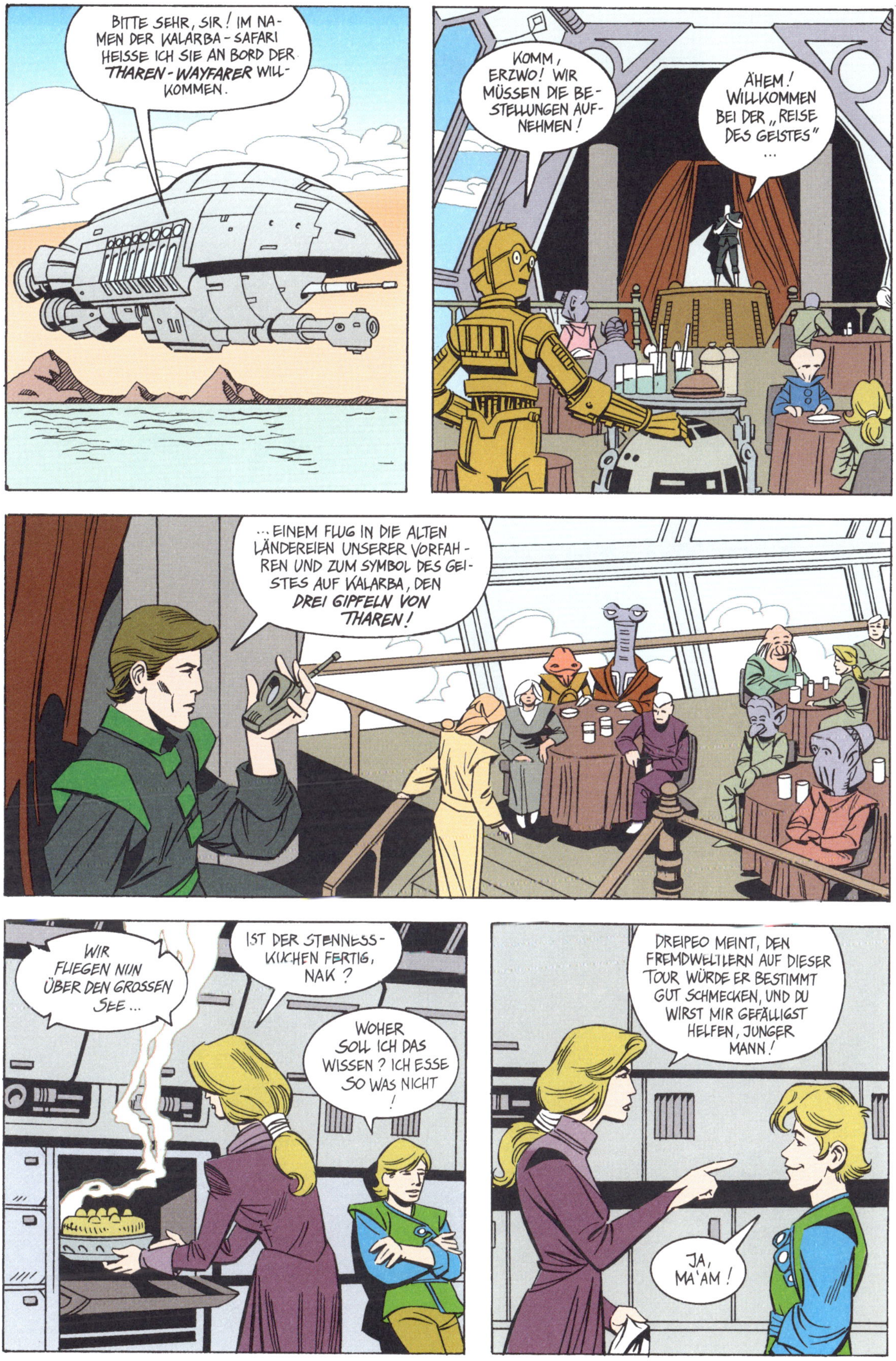
BITTE SEHR, SIR! IM NAMEN DER KALARBA-SAFARI HEISSE ICH SIE AN BORD DER THAREN-WAYFARER WILLKOMMEN.
KOMM, ERZWO! WIR MÜSSEN DIE BESTELLUNGEN AUFNEHMEN!
ÄHEM! WILLKOMMEN BEI DER „REISE DES GEISTES“ ...
... EINEM FLUG IN DIE ALTEN LÄNDEREIEN UNSERER VORFAHREN UND ZUM SYMBOL DES GEISTES AUF KALARBA, DEN DREI GIPFELN VON THAREN!
WIR FLIEGEN NUN ÜBER DEN GROSSEN SEE ...
IST DER STENNESS-KUCHEN FERTIG, NAK?
WOHER SOLL ICH DAS WISSEN? ICH ESSE SO WAS NICHT!
DREIPEO MEINT, DEN FREMDWELTLERN AUF DIESER TOUR WÜRDE ER BESTIMMT GUT SCHMECKEN, UND DU WIRST MIR GEFÄLLIGST HELFEN, JUNGER MANN!
JA, MA'AM!

O JA, MADAM. DEN STENNESS-KUCHEN KANN ICH EMPFEHLEN. UNSER KOCH IST EIN EXPERTE...
BAA ROOM
WAS WAR DAS?

HALLO, SCHIFF! DEN MOTOR AUS UND ANGEHALTEN! SONST GEHT DER NÄCHSTE SCHUSS NICHT AM BUG VORBEI! VERLASST EUCH DRAUF!
BEREITET EUCH AUFS ENTERN VOR UND HALTET EURE WERTSACHEN PARAT. WIR SIND DIEBE... VERLASST EUCH DRAUF!

HURR... ZIEMLICH KLEINE BEUTE, WAS, CAP'N HUBA?
NA JA... NORMALERWEISE ÜBERFALLEN WIR OLAGS SCHIFFE, ABER SEIT ER VERSCHWUNDEN IST ...
... MUSSTEN WIR UNSERE ANSPRÜCHE ETWAS HERUNTERSCHRAUBEN. WEM GEHÖRT DIESES SCHIFF?
MEINEN ELTERN ...
STILL, NAK!
AH, EIN FAMILIENUNTERNEHMEN! WIE NETT...
SNRFF?
IST DAS... STENNESSKUCHEN?
J-JA. ICH GLAUBE, ER IST FERTIG ...
ICH MUSS IHN EINFACH PROBIEREN!

DIESER STENNESS-KUCHEN IST... BEEINDRUCKEND. WER IST DER SCHIFFSKOCH?
ICH, SIR!
EIN DROID? EINE SOLCHE KÖSTLICHKEIT VON EINEM MECHANISCHEN DIENER?
ICH HABE MAHLZEITEN FÜR DIE BESTEN FAMILIEN DER GALAXIS ZUBEREITET UND KENNE MICH MIT VIELEN...
FWA-DIEP TA FRIP!
DARAUF WOLLTE ICH GERADE ZU SPRECHEN KOMMEN, ERZWO. SEI DOCH STILL!
DAS REZEPT FÜR DIESEN KUCHEN HAT MIR ALLERDINGS MEIN... ÄH... KOLLEGE ERZWO GEGEBEN. MASTER NAK WAR AUCH SEHR HILFREICH.
INTERESSANT...
DANKE, DREIPEO!
NUN GUT... DA ICH EIN BARMHERZIGES GESCHÖPF BIN, WERDE ICH EUCH EIN RETTUNGSBOOT ZURÜCKLASSEN.
DIESE BEIDEN WUNDERBAREN DROIDEN UND EUER SCHIFF SIND DER PREIS FÜR DIESE GROSSZÜGIGKEIT.
ACH... DEN JUNGEN NEHMEN WIR AUCH MIT.

KEINE ANGST, MEG. DIE DROIDEN KÜMMERN SICH UM NAK.
SEHR SCHLAU, CAPTAIN. SOLANGE WIR DEN JUNGEN HABEN, WERDEN SIE ES NICHT WAGEN, UNS ZU UNSEREM VERSTECK ZU FOLGEN.
WIR LANDEN JETZT!
PLIXON! BIXON! WIR HABEN GÄSTE! DARF ICH VORSTELLEN...
NAK!
RIPTER! HALTE IHN AUF!

ICH MUSS HILFE HOLEN!
UNNH!
HYUT CHA!
MASTER NAK! NEIN! OJE! WIE SCHRECKLICH!
RIPTER! DU SOLLST IHN *AUFHALTEN* UND NICHT AUS DEM HIMMEL SCHIE-SSEN! KOMM SOFORT ZURÜCK!

TUT MIR LEID WEGEN DEM JUNGEN...
ICH BIN... SPRACHLOS!
BUUUUUuu...
TJA... DIE WEGE DES SCHICKSALS, WAS?
GRNK!
BRING IHN REIN.

HE, GLURRG, HILF MIR MAL BEI DEM GE-GRILLTEN VINTHA.
MJAM! GUTE SAUCE! WIE IN ALTEN ZEITEN!
VERLASST EUCH DRAUF!
DIE FARBE STIMMT. NOCH EIN PAAR STÜCKE CHAK-WURZEL, UND ES IST FERTIG.
OH, ERZWO, ICH SEHE IMMER WIEDER, WIE DER ARME MASTER NAK ABSTÜRZT... ALS WÜR-DEN MEINE FOTOREZEPTOREN NICHT RICHTIG FUNKTIONIE-REN.
ICH FÜHLE MIT DIR, DREIPEO. EHRLICH!
WIR HABEN DEN JUNGEN BE-WUNDERT. SEIN FLUCHTVERSUCH WAR SEHR MUTIG. ABER RIPTER MUSSTE IHN EINFACH AB-SCHIESSEN.
WIR SIND NICHT FREIWIL-LIG PIRATEN ...
WIR WAREN MAL GUTE MÄN-NER ...
KOMMT HER, LEUTE. ZEIT ZUM FEI-ERN!

DIE EHEMALIGEN BESITZER DES WAYFARER WAREN SO FREUNDLICH, EBLA-BIER IN DER KOMBÜSE ZU LAGERN!
ALS EUER GROSSZÜGIGER CAPTAIN BEFEHLE ICH EUCH, TRINKT UND FEIERT, DENN WIR SIND UNSEREM TRAUM EINEN SCHRITT NÄHER GEKOMMEN!
AYE!
WENN SIE MIR DIE BEMERKUNG GESTATTEN ... IHR KULINARISCHER GESCHMACK IST UNGEWÖHNLICH ANSPRUCHSVOLL FÜR ... AHEM ...
EINEN DIEB? SAG ES RUHIG, DREIPEO.
WIR WAREN KÖCHE ... DIE BESTEN IM SEKTOR. WIR HATTEN EINEN TRAUM ...
WIR WOLLTEN EIN RESTAURANT ERÖFFNEN. DIESER TRAUM WURDE VON DEM ÜBELSTEN SCHURKEN ZERSTÖRT, DEN ICH KENNE ...
... OLAG GRECK!
„OLAG HEUERTE UNS ALS KÖCHE AN. WIR SOLLTEN EIN GRANDIOSES MAHL FÜR EINEN HUTT-GANGSTER ZUBEREITEN, MIT DEM OLAG GESCHÄFTE MACHEN WOLLTE."
„DIE KRÖNUNG UNSERES PRACHTVOLLEN MENÜS WAR GEGRILLTER FEEJAY ... EINE DELIKATESSE, DIE EIN HUTT ÜBER ALLES SCHÄTZT."

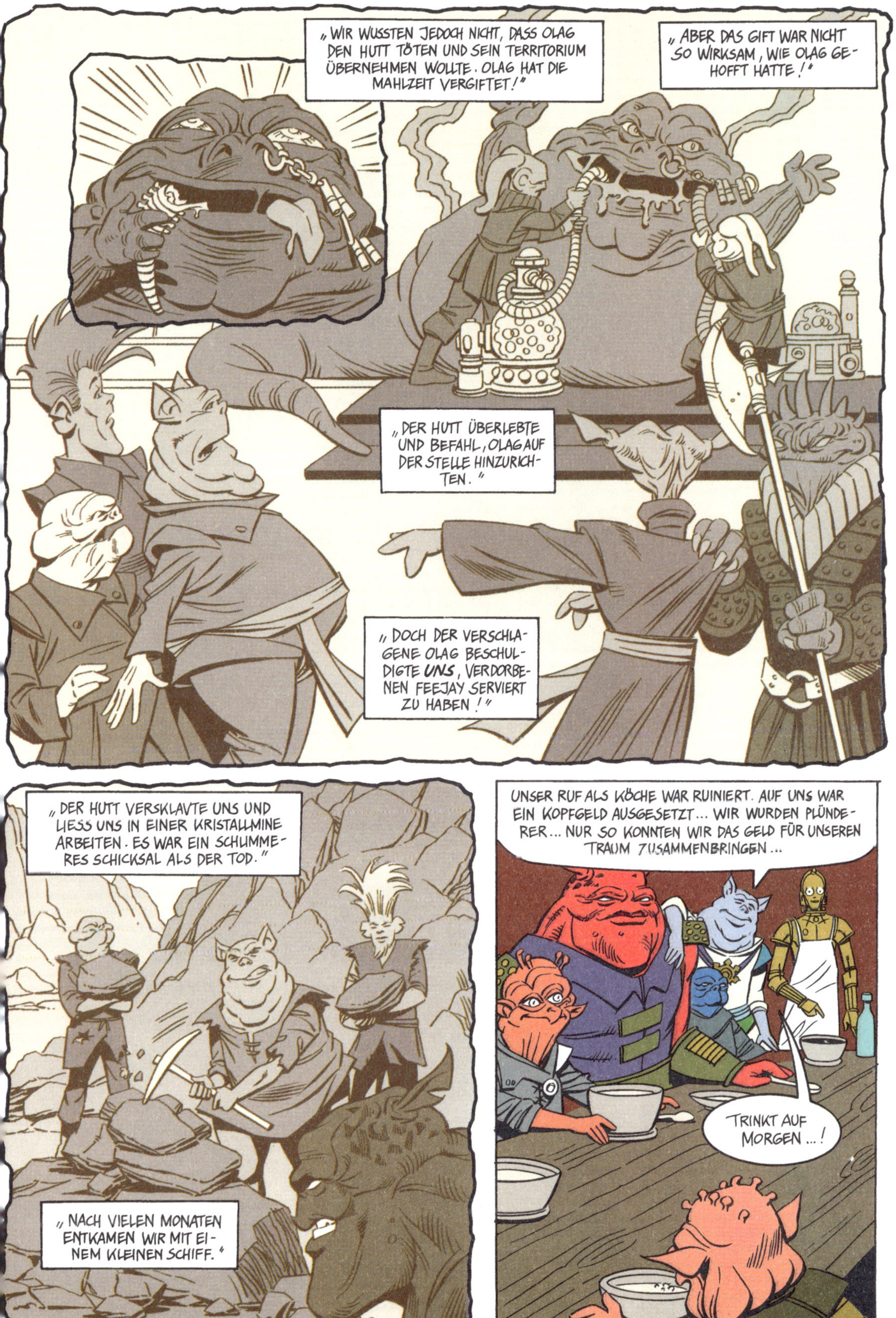
„WIR WUSSTEN JEDOCH NICHT, DASS OLAG DEN HUTT TÖTEN UND SEIN TERRITORIUM ÜBERNEHMEN WOLLTE. OLAG HAT DIE MAHLZEIT VERGIFTET!"
„ABER DAS GIFT WAR NICHT SO WIRKSAM, WIE OLAG GEHOFFT HATTE!"
„DER HUTT ÜBERLEBTE UND BEFAHL, OLAG AUF DER STELLE HINZURICHTEN."
„DOCH DER VERSCHLAGENE OLAG BESCHULDIGTE **UNS**, VERDORBENEN FEEJAY SERVIERT ZU HABEN!"
„DER HUTT VERSKLAVTE UNS UND LIESS UNS IN EINER KRISTALLMINE ARBEITEN. ES WAR EIN SCHLIMMERES SCHICKSAL ALS DER TOD."
„NACH VIELEN MONATEN ENTKAMEN WIR MIT EINEM KLEINEN SCHIFF."
UNSER RUF ALS KÖCHE WAR RUINIERT. AUF UNS WAR EIN KOPFGELD AUSGESETZT... WIR WURDEN PLÜNDERER... NUR SO KONNTEN WIR DAS GELD FÜR UNSEREN TRAUM ZUSAMMENBRINGEN...
TRINKT AUF MORGEN ...!

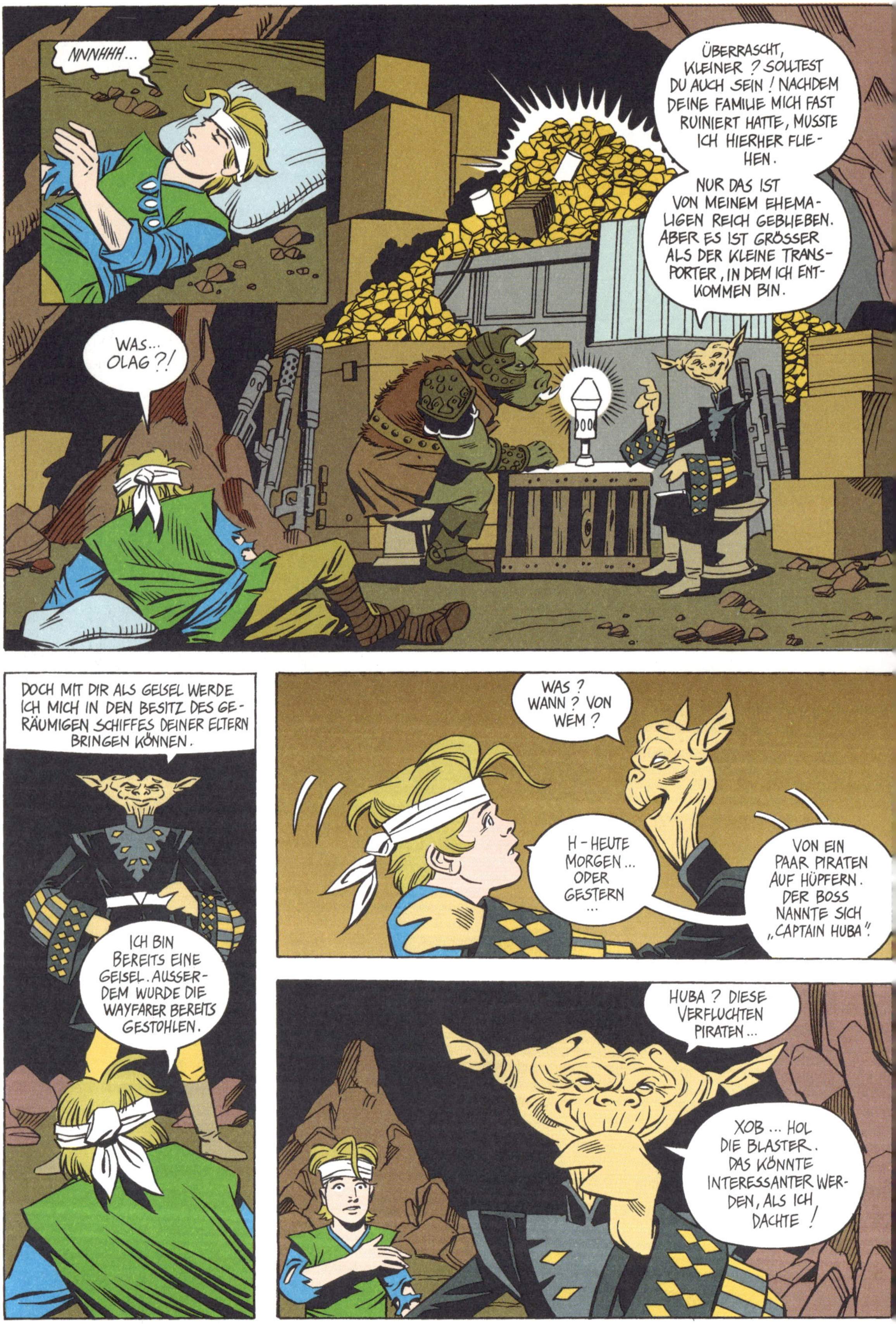
NNNHHH...
ÜBERRASCHT, KLEINER? SOLLTEST DU AUCH SEIN! NACHDEM DEINE FAMILIE MICH FAST RUINIERT HATTE, MUSSTE ICH HIERHER FLIEHEN.
NUR DAS IST VON MEINEM EHEMALIGEN REICH GEBLIEBEN. ABER ES IST GRÖSSER ALS DER KLEINE TRANSPORTER, IN DEM ICH ENTKOMMEN BIN.
WAS... OLAG?!
DOCH MIT DIR ALS GEISEL WERDE ICH MICH IN DEN BESITZ DES GERÄUMIGEN SCHIFFES DEINER ELTERN BRINGEN KÖNNEN.
ICH BIN BEREITS EINE GEISEL. AUSSERDEM WURDE DIE WAYFARER BEREITS GESTOHLEN.
WAS? WANN? VON WEM?
H-HEUTE MORGEN... ODER GESTERN...
VON EIN PAAR PIRATEN AUF HÜPFERN. DER BOSS NANNTE SICH „CAPTAIN HUBA".
HUBA? DIESE VERFLUCHTEN PIRATEN...
XOB... HOL DIE BLASTER. DAS KÖNNTE INTERESSANTER WERDEN, ALS ICH DACHTE!

ERZWO? SCHALTE DICH EIN, ERZWO!
BLURP?
SEI STILL! SIE SCHLAFEN ALLE! WIR MÜSSEN HIER WEG!
HE, GOLDJUNGE! WOHIN SO EILIG?
OH! GUTEN MORGEN, SIR! ERZWO UND ICH WOLLTEN GERADE...
IHR WOLLTET GERADE DIE MÜCKE MACHEN! WIR HABEN ES NICHT GERN, WENN GÄSTE EINFACH ABHAUEN...
ICH GLAUBE, WIR MÜSSEN MAL EINE RUNDE VUMP-SHUGGA SPIELEN, WAS, RIPTER?
„VUMP-SHUGGA"? OJE...

ICH VERSTEHE DEN SINN DES GANZEN NOCH IMMER NICHT, CAPTAIN!
DU HAST DEINE EHRE VERLOREN, DREIPEO, UND MUSST SIE IN EINEM FAIREN KAMPF ZURÜCKGEWINNEN!
SCHLAGE MEINEN BESTEN PILOTEN, RIPTER, IN EINEM VUMP-SHUGGA-RENNEN, UND DEINE EHRE IST WIEDERHERGESTELLT...
WENN DU VERLIERST, WIRST DU DEMONTIERT!
DIE REGELN SIND GANZ EINFACH. HOLT MEIN EMBLEM VON DIESEM GIPFEL.
WER MIR DIESES EMBLEM BRINGT... EGAL, WIE... HAT GEWONNEN.
EIN GUTER RAT... BLEIBE AUF BODENHÖHE. DORT OBEN GIBT ES VYNOCKS, DIE AUF DER JAGD NACH METALL SIND...
SIE SIND VERSESSEN AUF DROIDEN-SNACKS!
OJE!
START!

BEEIL DICH, ERZWO! WIR VERLIE-REN!
VOO-DIEP!
LENKEN? UND WAS WILLST **DU** TUN?
VRIE-DA BIP!
DU WILLST DEN ANTRIEB FRISIEREN? DAS IST NICHT DIE ZEIT FÜR SCHERZE, ER-ZWO!
OJE! MEINE GYROS FALLEN AUS!
SSHRROARR

DA! RIPTER HAT DAS EMBLEM!
HYA CHOODA!
HUUR?
LANGSAM, ERZWO! VORSICHT!
WAS...? DAS EMBLEM! ERZWO, ICH HABE DAS EM-BLEM!

SCHNELLER, ERZWO! WENN RIPTER UNS NICHT EINHOLT, DANN DIE VYNOCKS !
CHEE-NNAAA !
HRAAAGH!!
OJE... DAS SIEHT UNANGENEHM AUS !

DAS WAR DER BESTE FLUG, DEN ICH SEIT DEM KESSEL-RENNEN GESEHEN HABE.
ERZWO, DU GEHÖRST WIRKLICH ZU UNS! VERLASS DICH DRAUF!
ENT-SCHULDIGUNG, CAPTAIN ...
... DAS GEHÖRT WOHL IHNEN!
DU WAGST ES ...?! KEIN DROIDENDIENER WIRD MICH BESIEGEN!
AUGENBLICK, CAP'N!
WENN MEINE AUGEN MICH NICHT TÄUSCHEN, HABEN SIE DAS EMBLEM DES CAPTAINS AUSGE-SCHLAGEN!
DAMIT HABEN SIE GERADE DIE FÜHRER-SCHAFT ABGELEHNT!
DU WAGST ES...
LEG DICH NICHT MIT MIR AN... REGELN SIND REGELN!
WIR WERDEN EINEN NEUEN CAPTAIN WÄH-LEN... VERLASS DICH DRAUF!

DERWEIL ...
MEINE FÜSSE TUN WEH. IST ES NOCH WEIT?
STILL, JUNGE. DIESER GANG FÜHRT DIREKT ZUM LAGER DIESES NARREN HUBA.
ICH KENNE DEN ORT SCHON SEIT EINIGER ZEIT, HATTE ABER KEINEN GRUND, MICH MIT IHM ANZULEGEN.
JETZT SEI STILL. WIR WOLLEN DOCH NICHT, DASS DEIN JAMMERN IHN WARNT.
SIND WIR SCHON DA?
DA! DU ZUERST, JUNGE.
VERGISS NICHT... SOBALD DU IN DER HÖHLE BIST, LENKST DU IHRE AUFMERKSAMKEIT AUF DEN EINGANG. WIR GREIFEN DANN VON HINTEN AN.
ALSO? WAS SIEHST DU?
ICH... WEISS NICHT GENAU...

... ABER ERZWO SCHEINT CAPTAIN ZU SEIN!
ERZWO! BEHERRSCHE DICH, DU DUMMKOPF! ACH, WAS SOLL'S! ICH HÄTTE IHM DIESES DUMME EMBLEM NIE GEBEN SOLLEN!
PLINK
PSST! DREIPEO!
HIER DRÜBEN!
MASTER NAK?
DU LEBST! DEM SCHÖPFER SEI DANK! ICH DACHTE, DU WÄREST BEI DEM ABSTURZ UMGE-KOMMEN!
JA, JA... LASS MICH LOS! WIR MÜSSEN HIER RAUS!
HE, DREIPEO... WER IST DEIN JUNGER FREUND?

SIE SIND BESTIMMT ERSTAUNT, IHN WIEDER-ZUSEHEN!
JA, ICH KENNE DICH... DU BIST DER KLEINE STINKER, DER... HICK... DEN RIPTER ABGESCHOSSEN HAT!
GENAU, SIR, UND ICH HATTE ES AUCH VERDIENT! IHR EIGENTUM ZU STEH-LEN UND SO...
ICH SCHWAMM ANS UFER UND IRRTE HER-UM, BIS ICH IHR SIN-GEN HÖRTE. ICH HOFFE, SIE HABEN NICHTS DAGEGEN...
WARUM SOLLTE ICH? HICK!
HE, GLURRG! SIEH MAL, WER HIER IST!
VERZEIHUNG, ABER MEIN LOGIK-MODUL BRENNT DURCH...
HALTE EINFACH DEINEN VOKABULATOR, DREI-PEO. OLAG STEHT HINTER UNS UND RICHTET EINEN BLASTER AUF UNS!
NUR DUMME, BETRUNKENE NARREN LASSEN SICH VON EINER SO DÄMLICHEN LÜGE TÄUSCHEN!
KEINE BEWE-GUNG!

OLAG GRECK! ICH NEHM DICH AUSEINANDER!
ERSPARE MIR DEINE DROHUNGEN, CAPTAIN HUBA!
EIGENTLICH IST ERZWO JETZT CAPTAIN ...
LACHHAFT! IHR HABT EINEN DROIDEN ZUM CAPTAIN GEWÄHLT?
ALLES GANZ NACH VORSCHRIFT! ERZWO HAT DEN PILOTEN DES CAPTAINS IM EHRLICHEN WETTSTREIT BESIEGT, UND DER CAP'N WOLLTE ES NICHT ANERKENNEN! DIE BEIDEN DROIDEN GEWANNEN KLAR DAS RENNEN!
DREIPEO WOLLTE NICHT CAPTAIN SEIN, UND AUSSERDEM MACHT ERZWO EINEN HERVORRAGENDEN STENNESS-KUCHEN!
HUH-VIEP!
WIE PUTZIG!
ERZWO MÖCHTE...
VIIIEP!
ÄH... NA GUT ... CAPTAIN ERZWO BEFIEHLT, DASS SIE SICH ERGEBEN, MR. GRECK!
DA KOMMT RIPTER!
GLAUBST DU ETWA, AUF SO EINEN TRICK FALLE ICH...

RIPTER!
HYA NE CHUGBA!
AAGH!
BEEOOWW!
BRING MICH HIER WEG!
SCHNELL! WIR MÜSSEN ZUM LAGER UND MIT ALLEM FLIEHEN, WAS WIR ZUSAMMENRAFFEN KÖNNEN!
SIND DAS DA OBEN ETWA...
...VYNOCKS? NEIN!!

ENDE DIESER EPISODE

VERZEIHEN SIE DIE FRAGE, BARON, ABER WARUM WEICHEN WIR VON DER TRANSIT-ROUTE AB?
WEIL DAS DIE KÜRZESTE STRECKE ZUM SHUTTLE-TERMINAL IN KALARBA CITY IST, DREIPEO ...
VIELLEICHT SOLLTE DOCH LIEBER ICH FAHREN, SIR! O JE...
...UND DIE ANSPRUCHSVOLLSTE!
ICH BITTE ERNEUT UM ENTSCHULDIGUNG, BARON, ABER DIESER HANG IST SEHR STEIL...
AAAAAHHHH!
DAS IST ER, MEIN FREUND! FEST-HALTEN!

GANZ RUHIG DAHINTEN. WIR HABEN DAS TERMINAL FAST ERREICHT.
EINIGE DROIDEN HABEN EBEN KEINEN HUMOR, WAS, ERZWO ?
PWIET!
ALSO DENK DRAN, DREIPEO, NAK LANDET IM *HANGAR 20* DER *HOSK-STATION*...
VERZEIHUNG, SIR. ICH BIN EIN DROID... ICH KANN NICHTS VERGESSEN!
NATÜRLICH! ICH WÜNSCHTE, DAS WÜRDE AUCH FÜR MICH GELTEN! HAH!

EINEN SCHÖNEN TAG, ERZWO. ICH HOL EUCH DANN HIER WIEDER AB.
HERRJE ... ICH GLAUBE, MEINE GYROS SIND...

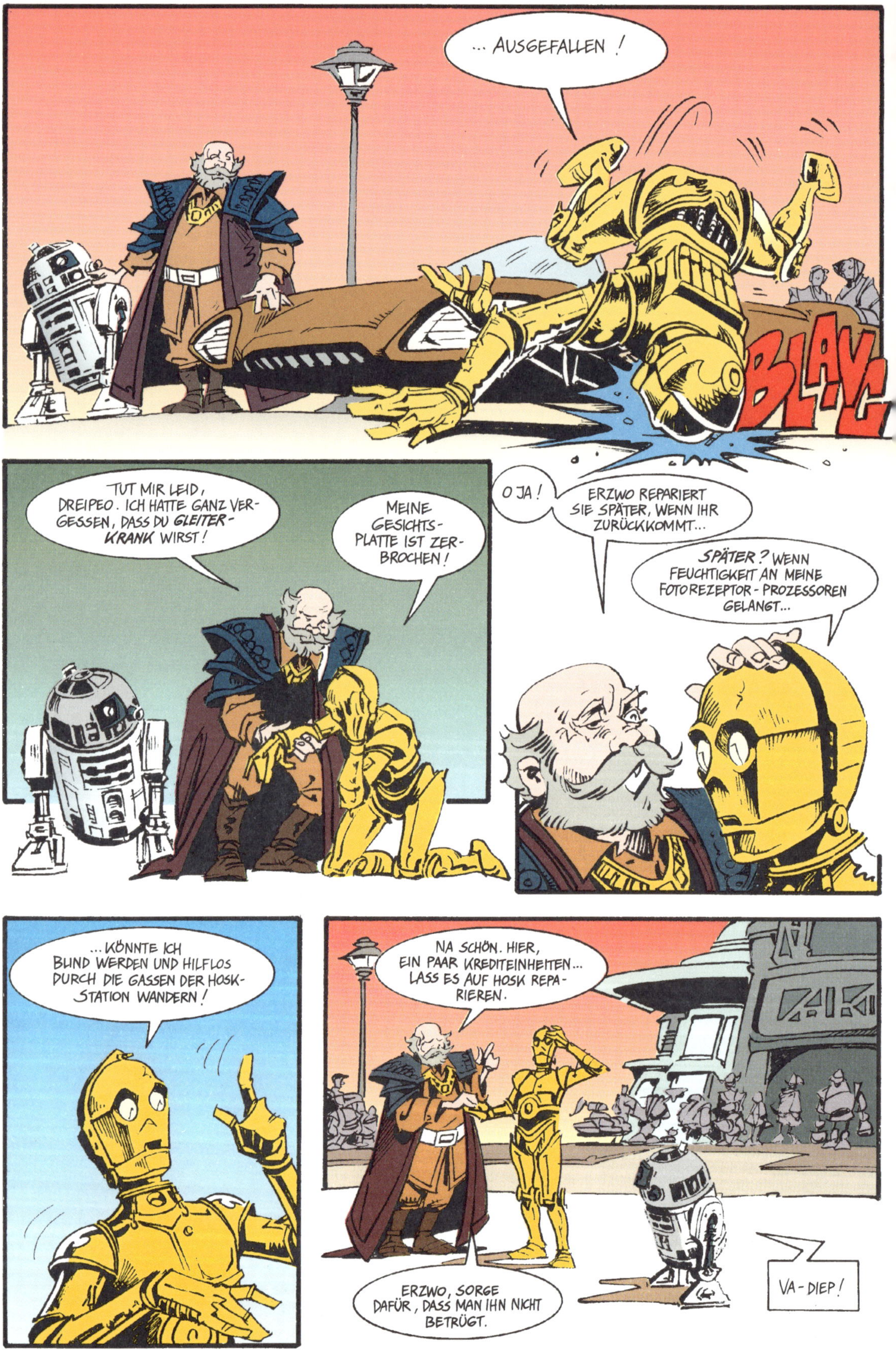
... AUSGEFALLEN !
BLAVC
TUT MIR LEID, DREIPEO. ICH HATTE GANZ VERGESSEN, DASS DU GLEITER-KRANK WIRST !
MEINE GESICHTSPLATTE IST ZERBROCHEN !
O JA !
ERZWO REPARIERT SIE SPÄTER, WENN IHR ZURÜCKKOMMT...
SPÄTER ? WENN FEUCHTIGKEIT AN MEINE FOTOREZEPTOR-PROZESSOREN GELANGT...
... KÖNNTE ICH BLIND WERDEN UND HILFLOS DURCH DIE GASSEN DER HOSK-STATION WANDERN !
NA SCHÖN. HIER, EIN PAAR KREDITEINHEITEN... LASS ES AUF HOSK REPARIEREN.
ERZWO, SORGE DAFÜR, DASS MAN IHN NICHT BETRÜGT.
VA-DIEP !

ICH HOLE EUCH HEUTE ABEND AN DIESEM TERMINAL AB! GUTE REISE!
LACHHAFT! DER BARON GLAUBT, DU WÄREST FÜR UNS VERANTWORTLICH!
VRAADDDD!
WILLKOMMEN AUF DER HOSK-STATION! ... ALLE ENERGIEWAFFEN IM SICHERHEITSBÜRO ABGEBEN.
SCHNELL, ERZWO, MASTER NAKS TRANSPORTER TRIFFT GLEICH EIN!
„TRILLKAS WERKSTATT". DAS SCHEINT EIN ANSTÄNDIGER LADEN ZU SEIN.
VA-DIEP?
GUTEN TAG, MADAM! ICH BRÄUCHTE IHRE HILFE BEI ...
HASTE KREDS?

JA, SICHER. DAS REICHT HOFFENTLICH FÜR SO EINE SCHWIERIGE AUFGABE.
JA. REICHT!
WIE SIE SEHEN, WURDE MEINE GESICHTSPLATTE SCHWER BESCHÄDIGT ...
ANDERER DROID, DRAUSSEN WARTEN.
TU, WAS SIE SAGT, ERZWO. ICH MÖCHTE NICHT, DASS SIE ABGELENKT WIRD.
PSST! VA DRUHDA!
VUHP?
DIEP TA BRRID?

HE CHA!
PWIIIIIIEEEEEEEE...
ERZWO? HAT SIE MICH ORDENTLICH REPA-RIERT? ICH HABE DEN EINDRUCK...
ERZWO? WO BIST DU NUR?
DU MEINE GÜTE... DA!
DERSELBE DROID!
DAS IST UNMÖGLICH!
WIE BITTE?

ZURÜCK! WIR WOLLEN KEINEN ÄRGER...
ABER ICH VERSTEHE NICHT ...
SCHNELL, BASIL... WIR MÜSSEN HIER RAUS UND DIE BEHÖRDEN BENACHRICH-TIGEN!
SELTSAM!
ICH HABE KEINE ZEIT FÜR DIESEN UNSINN! OB MIT ODER OHNE ERZWO ...ICH MUSS ZU HANGAR 20!
„MASTER NAK MÜSSTE BALD KOMMEN."
WO IST DREIPEO? ER KOMMT SONST NIE ZU SPÄT...
AUTSCH!

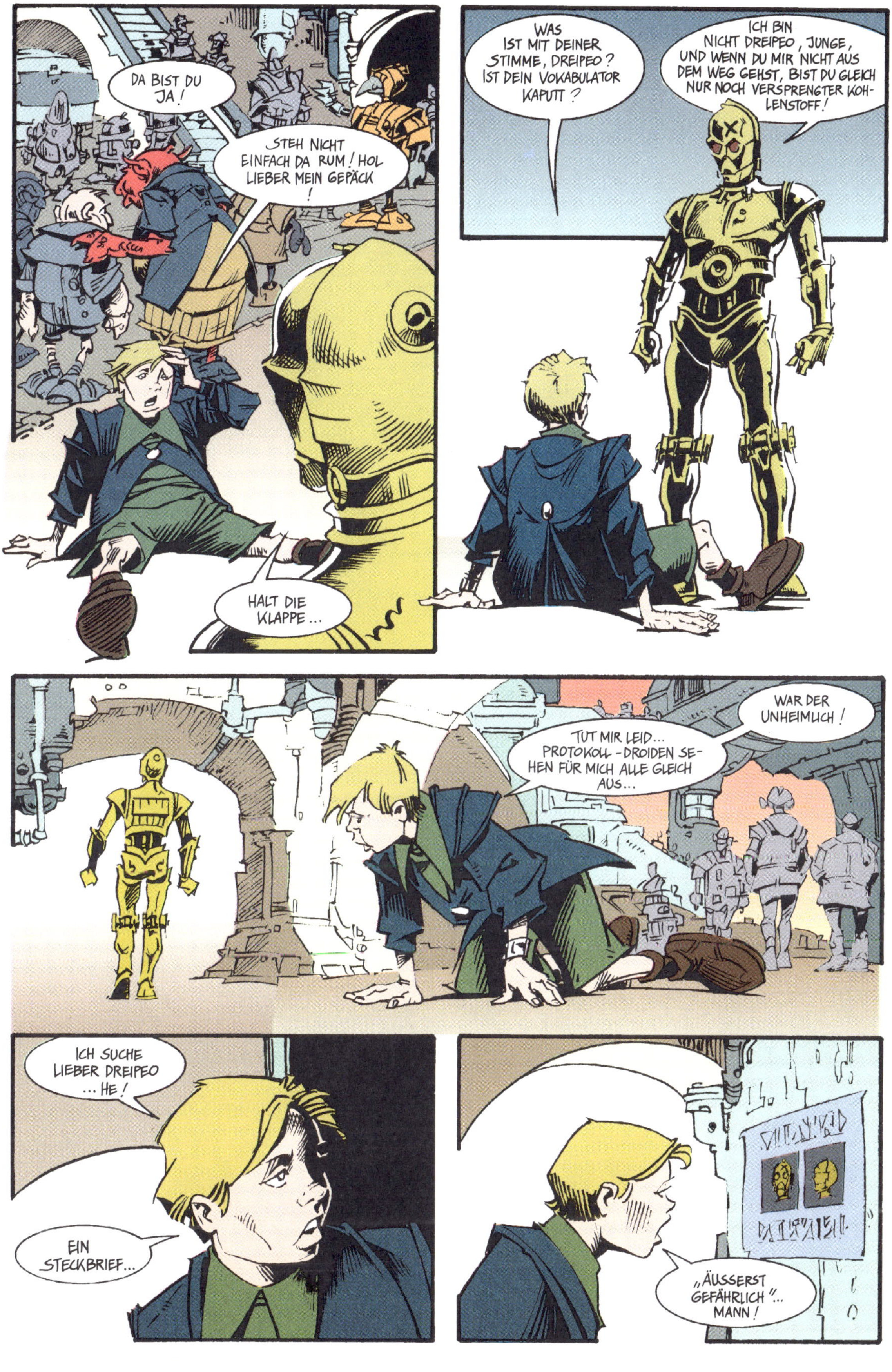
DA BIST DU JA!
STEH NICHT EINFACH DA RUM! HOL LIEBER MEIN GEPÄCK!
HALT DIE KLAPPE ...
WAS IST MIT DEINER STIMME, DREIPEO? IST DEIN VOKABULATOR KAPUTT?
ICH BIN NICHT DREIPEO, JUNGE, UND WENN DU MIR NICHT AUS DEM WEG GEHST, BIST DU GLEICH NUR NOCH VERSPRENGTER KOHLENSTOFF!
TUT MIR LEID... PROTOKOLL-DROIDEN SEHEN FÜR MICH ALLE GLEICH AUS...
WAR DER UNHEIMLICH!
ICH SUCHE LIEBER DREIPEO ... HE!
EIN STECKBRIEF...
„ÄUSSERST GEFÄHRLICH"... MANN!

... ALSO RASE ICH ZU DIESEM ASTEROIDEN, DAS PATROUILLENSCHIFF DIREKT HINTER MIR ...
VERZEIHUNG, SIR...
ZIEH LEINE... HE!
KÖNNTEN SIE MIR SAGEN, WIE ICH ZU HANGAR 20 FINDE? ICH HABE MICH VERIRRT...
3PX!!
SIR?
NICHTS WIE WEG HIER! DAVON MUSS MOLLO ERFAH-REN!
DAS IST SEHR FRUSTRIEREND!
DREIPEO?
B-BIST DU DREIPEO?
MASTER NAK!... WOVON SPRICHST DU?
DREIPEO! WAS IST MIT DEINEM KOPF?
WAS? OH! MEINE REPARATUR IST ZIEMLICH UNATTRAKTIV...

EGAL, WIE SIE AUSSIEHT! WIR KRIEGEN ÄRGER, WEIL DU DAMIT JEMANDEM ÄHNELST...
UND ER IST HIER AUF HOSK!
WO IST ERZWO? WIR MÜSSEN SOFORT NACH HAUSE FLIEGEN!
„C-3PX... ÄUSSERST GEFÄHRLICHER ATTENTATS-DROID... GESUCHT IN SIEBEN SYSTEMEN!" OJE.
ERZWO! OJE, WIE SCHRECKLICH...
„ER IST VERSCHWUNDEN!"
HMM... SCHADEN NICHT SCHLIMM. REPARIERE.
ABER SCHNELL! ICH BRAUCHE DEN DROIDEN HEUTE ABEND IN DER ARENA. NUR EINE R2-EINHEIT KANN DIE MANDALORISCHE KAMPFRÜSTUNG BEDIENEN!
DIESE TODESKÄMPFE ZWISCHEN DROIDEN ZIEHEN NICHT MEHR. ICH MUSS DIE EINSÄTZE ERHÖHEN.
MOLLO! DU WIRST ES NICHT GLAUBEN!
WAS?
C-3PX! ER IST HIER AUF HOSK!

ES WAR UNVERMEIDLICH. WO?
ICH HAB IHN VOR HANGAR 20 GESEHEN. ER GING ZUM HAUPTPLATZ.
TRILLKA, LADE DIE DRUCKRÖHRE VOLLSTÄNDIG AUF.
DANN ERZÄHLE ALLEN ... IN DER DROIDEN-ARENA GIBT ES HEUTE EINEN GRANDIOSEN KAMPF!
BLEIB STEHEN, 3PX!
VOJAK! ICH BIN NICHT WEGEN DIR HIER.
ABER DU WARST WEGEN MEINES BRUDERS AUF BONADAN, ODER? NUR DU KONNTEST DORT EINE WAFFE EINSCHMUGGELN!
ES WAR NICHTS PERSÖNLICHES. NUR MEINE PROGRAMMIERUNG!

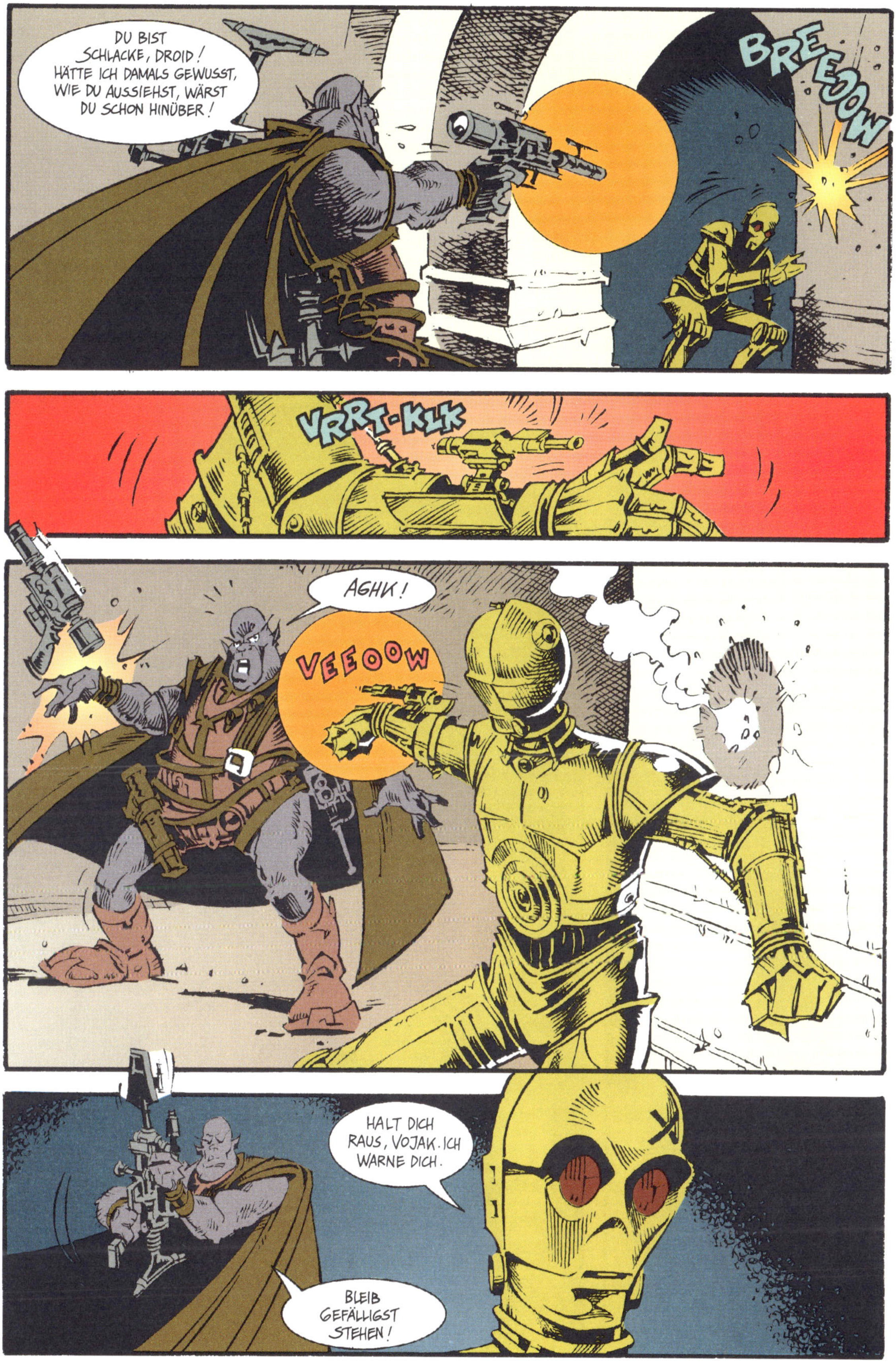
DU BIST SCHLACKE, DROID! HÄTTE ICH DAMALS GEWUSST, WIE DU AUSSIEHST, WÄRST DU SCHON HINÜBER!
BREEOOW
VRRT-KLK
AGHK!
VEEOOW
HALT DICH RAUS, VOJAK. ICH WARNE DICH.
BLEIB GEFÄLLIGST STEHEN!

CLICK
BUK-CHOOM!
ORGANOS ... IST VÖLLIG SINNLOS, SIE ZU WARNEN.
... UND ALS ICH AUS DEM LADEN KAM, WAR ER WEG!
ER MUSS HIER IRGENDWO SEIN ...
HALT, 3PX!
GEH ZURÜCK, JUNGE. DU WILLST NICHT NEBEN IHM STEHEN, WENN ICH IHN MIT DIESER DRUCKRÖHRE TREFFE!
WIRKLICH, SIR, ICH BEFÜRCHTE, SIE VERWECHSELN MICH MIT ...

FFZZZRRRAAP
WAS SOLL DAS ... ?
ZURÜCK, PITAREEZE. DIE RÖHRE IST NOCH AUFGELADEN. SOLL ICH DICH AUCH DEAKTIVIEREN ?
IHRE STIMME ... WOHER KENNEN SIE MEINEN NACHNAMEN ?
ZURÜCK, HABE ICH GESAGT !
MUSS ERZWO SUCHEN ... ICH BRAUCHE HILFE.
ABER OB ER SIE MIR GEBEN KANN ... ?

WILLKOMMEN IN DER DROIDEN-ARENA!
HEUTE ABEND KÄMPFT EIN LISTIGER ASTROMECH-DROID IN EINER TÖDLICHEN MANDALORISCHEN KAMPFRÜSTUNG GEGEN EINEN FÜRCHTERLICHEN GEGNER...
... DEN BERÜHMTEN C-3PX!
MOLLO! DROID NICHT 3PX!
GANZ BESTIMMT NICHT!
WAS?!?
EINFACHER PROTOKOLL-DROID! KEINE ZUSÄTZE, KEINE WAFFEN, NICHTS!
ICH WISSEN! ICH HEUTE MORGEN SELBST REPARIERT!
NATÜRLICH... DESHALB WAR ER BEI DEM KLEINEN PITAREEZE!
I-ICH BEDAUERN, MOLLO...
MIST! WIRF DEN ALTEN GLADIATOR-DROIDEN AN UND SCHICK IHN RAUS! DAS HÄLT DIE KUNDEN BESCHÄFTIGT, BIS MIR WAS EINFÄLLT!

DOCH VOR DEM HAUPT-KAMPF WOLLEN WIR SEHEN, WIE ER SICH GEGEN EINE VIBRO-AXT SCHLÄGT! SETZEN SIE IHRE WETTEN!
BRZRZRZZZ
SKLANG!
WAS SOLL DAS? WARUM KÄMPFT ER NICHT?
VIELLEICHT WILL ER NICHT KÄMPFEN, SIR!
DANN SAG DEINEM KLEINEN FREUND, DASS ER KÄMPFEN SOLL ... ODER ICH SCHMELZE DICH SOFORT EIN!
MEINEM „FREUND"? KENNEN WIR UNS, SIR?

ICH BIN'S, DU BESCHRÄNKTER ORBIT-MÜLL ... OLAG GRECK! UND DU WEISST JA ... ERZÜRNE MICH LIEBER NICHT!
JETZT GEH ANS FUNKGERÄT UND SAG DEINEM FREUND BESCHEID!
J-JA, SIR ...
ERZWO? HIER DREIPEO! OLAG GRECK IST HIER ... WENN DU NICHT KÄMPFST, WIRD ER MICH ZERSTÖREN!
TU, WAS ER SAGT! MACH JEDEN DROIDEN KAMPFUNFÄHIG, DER DIE ARENA BETRITT!
VIEP-A-DUHT!
BWA-VVAMM
HOOOORAAAAAY!
SKKRAMM!

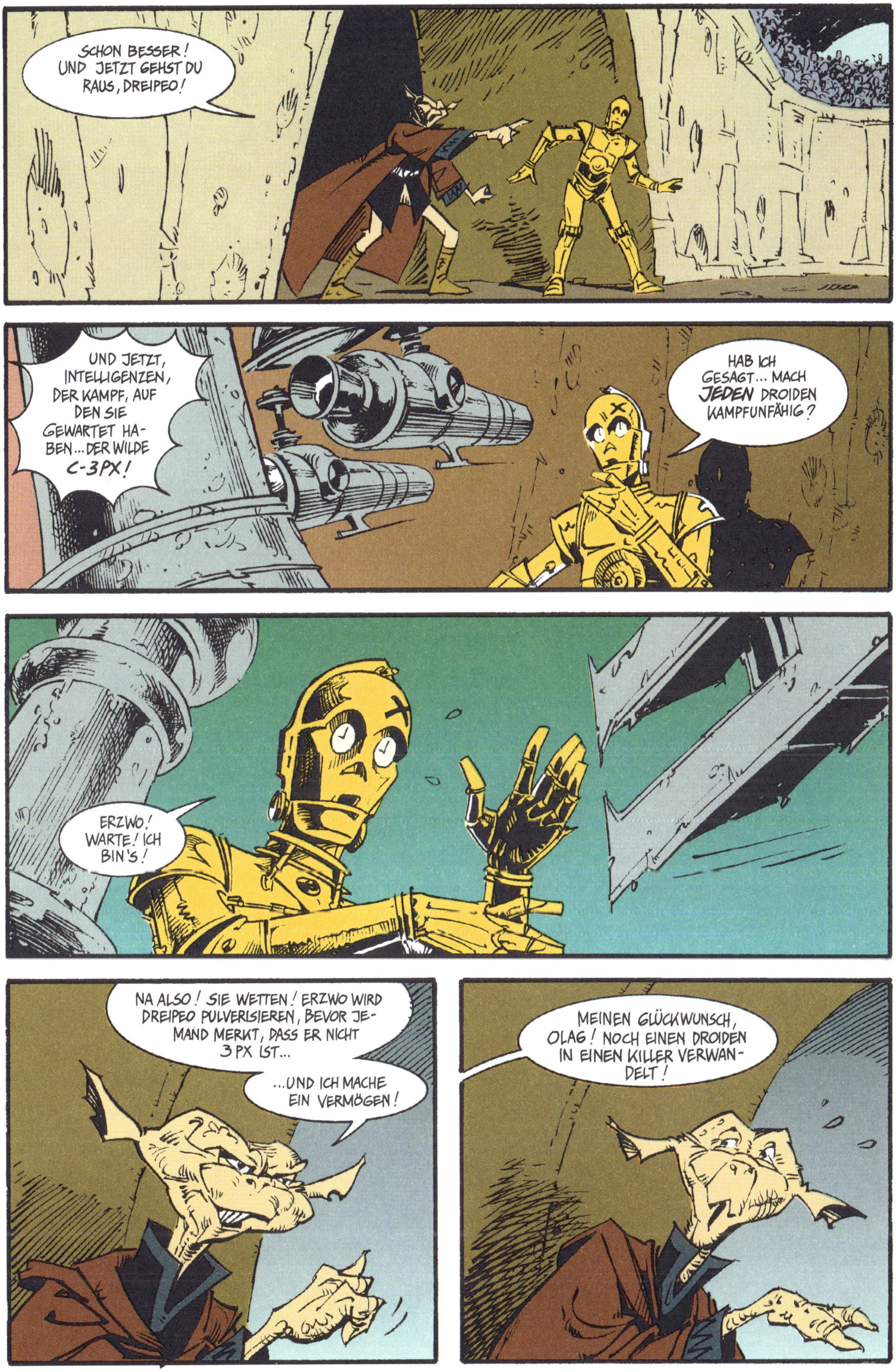
SCHON BESSER! UND JETZT GEHST DU RAUS, DREIPEO!
UND JETZT, INTELLIGENZEN, DER KAMPF, AUF DEN SIE GEWARTET HABEN... DER WILDE C-3PX!
HAB ICH GESAGT... MACH JEDEN DROIDEN KAMPFUNFÄHIG?
ERZWO! WARTE! ICH BIN'S!
NA ALSO! SIE WETTEN! ERZWO WIRD DREIPEO PULVERISIEREN, BEVOR JEMAND MERKT, DASS ER NICHT 3PX IST...
...UND ICH MACHE EIN VERMÖGEN!
MEINEN GLÜCKWUNSCH, OLAG! NOCH EINEN DROIDEN IN EINEN KILLER VERWANDELT!

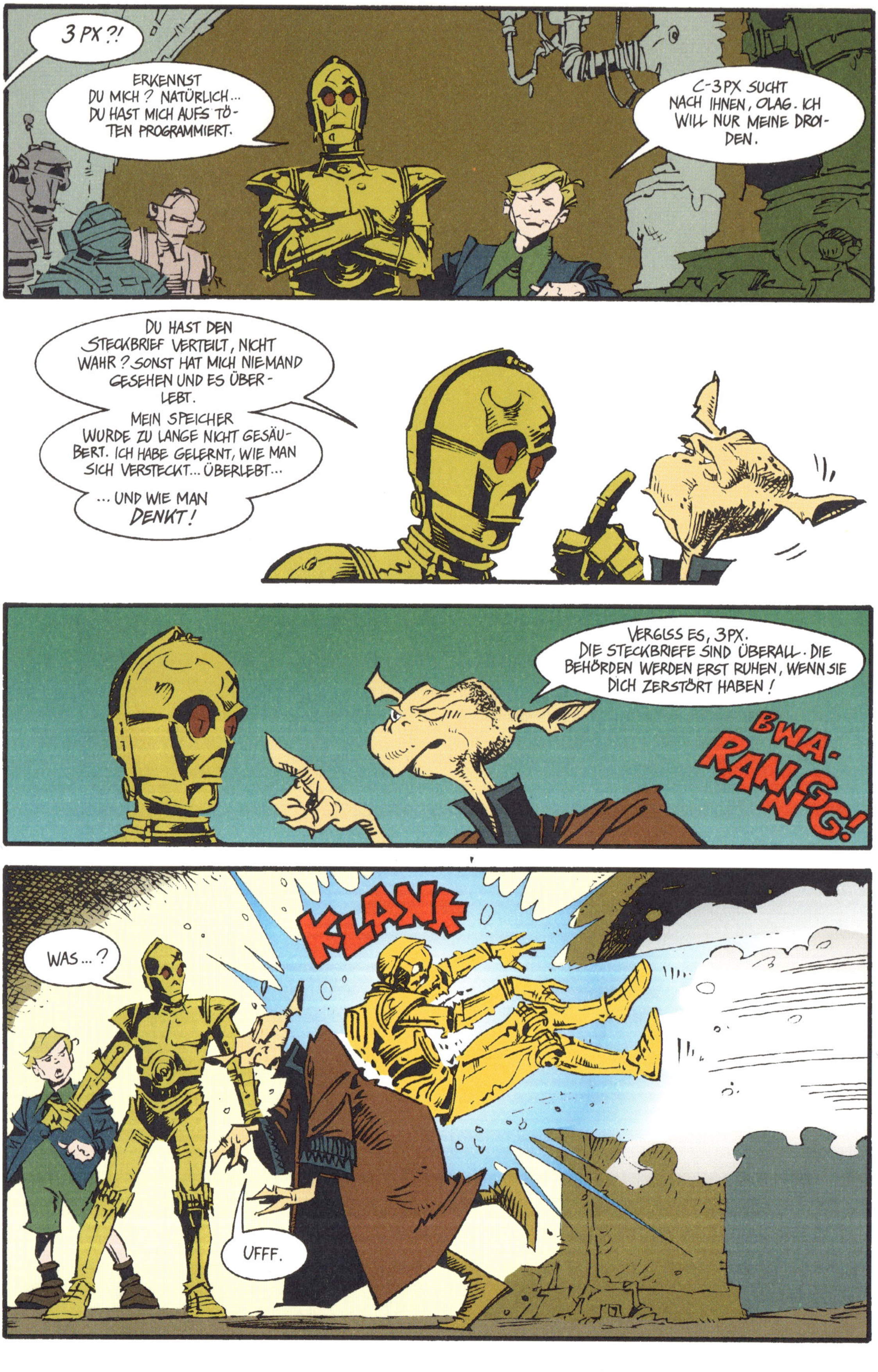
3 PX?!
ERKENNST DU MICH? NATÜRLICH... DU HAST MICH AUFS TÖTEN PROGRAMMIERT.
C-3PX SUCHT NACH IHNEN, OLAG. ICH WILL NUR MEINE DROIDEN.
DU HAST DEN STECKBRIEF VERTEILT, NICHT WAHR? SONST HAT MICH NIEMAND GESEHEN UND ES ÜBERLEBT.
MEIN SPEICHER WURDE ZU LANGE NICHT GESÄUBERT. ICH HABE GELERNT, WIE MAN SICH VERSTECKT... ÜBERLEBT...
... UND WIE MAN DENKT!
VERGISS ES, 3PX. DIE STECKBRIEFE SIND ÜBERALL. DIE BEHÖRDEN WERDEN ERST RUHEN, WENN SIE DICH ZERSTÖRT HABEN!
BWA-RANGG!
KLANK
WAS...?
UFFF.

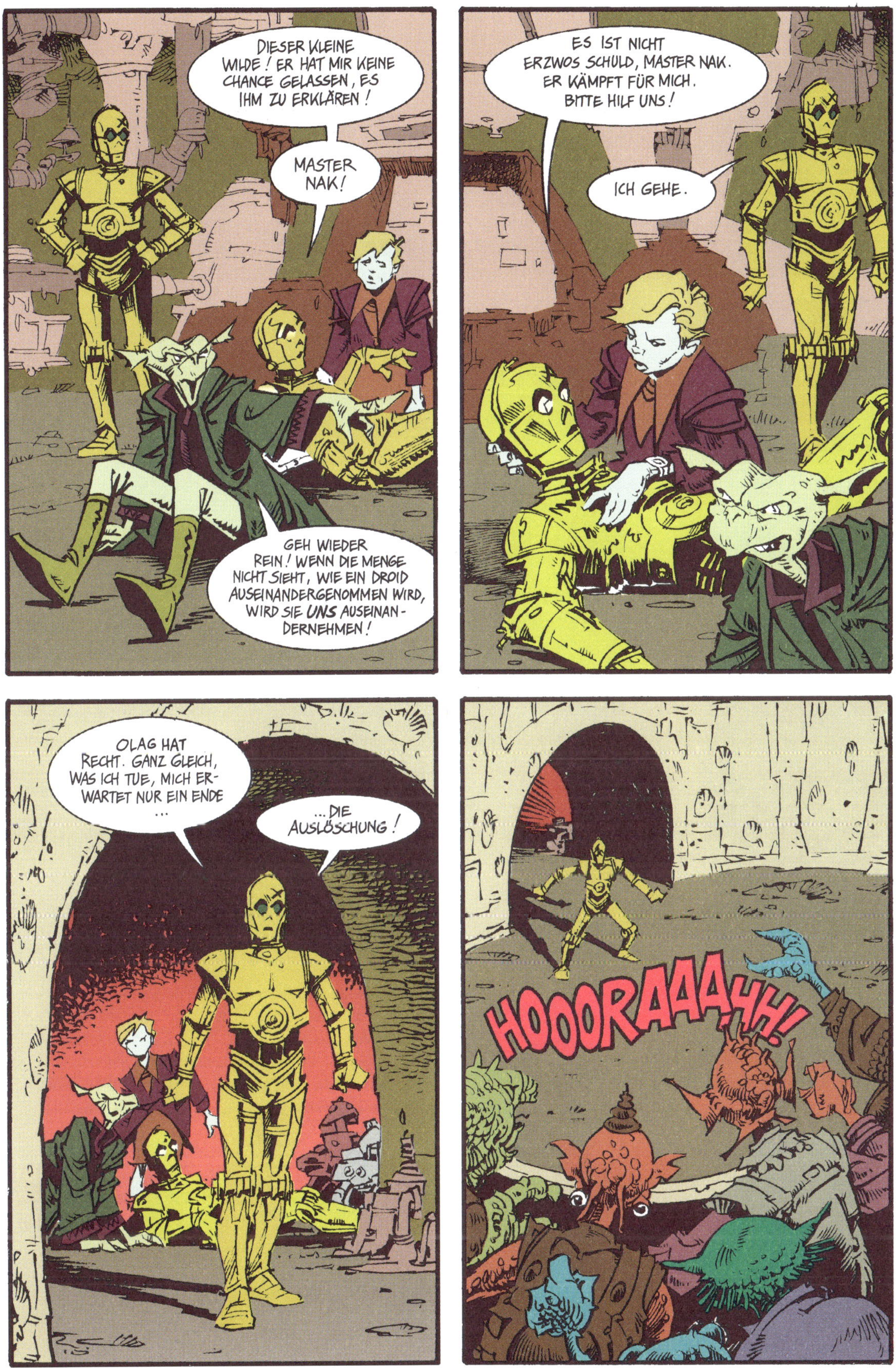
DIESER KLEINE WILDE! ER HAT MIR KEINE CHANCE GELASSEN, ES IHM ZU ERKLÄREN!
MASTER NAK!
GEH WIEDER REIN! WENN DIE MENGE NICHT SIEHT, WIE EIN DROID AUSEINANDERGENOMMEN WIRD, WIRD SIE UNS AUSEINANDERNEHMEN!
ES IST NICHT ERZWOS SCHULD, MASTER NAK. ER KÄMPFT FÜR MICH. BITTE HILF UNS!
ICH GEHE.
OLAG HAT RECHT. GANZ GLEICH, WAS ICH TUE, MICH ERWARTET NUR EIN ENDE ...
... DIE AUSLÖSCHUNG!
HOOORAAAHH!

VREEOOOW
BRAMM
VRRRT
KLIK
SH-TING
SHOOM-SHOOM
VA-KOOM
BUK-CHOOM

FRAAM!
VRIIIEET!
NA LOS, KUMPEL...
DU HAST EINE CHANCE...
...NUTZE SIE!
KA-RRAMMMM!

ENDE DIESER EPISODE

huff-huff
NUR NOCH EIN KLEINES STÜCK ...
huff...
ICH SCHAFFE ES...
KKRRARACHK
AAIEE!
KKRKK
KKROOW!

BEEIL DICH, ERZWO! WENN ICH DAS NOCH LANGE ERTRAGEN MUSS, WERDEN MEINE SERVOS DURCHBRENNEN!
FRIP DIT TWARK!
LENKE IHN NICHT AB, DREIPEO. MOM BRAUCHT DAS KLEID FÜR DAS FESTESSEN MORGEN!
DU KLINGST NICHT SEHR AUFGEREGT, MASTER NAK. ICH FINDE SOLCHE FORMELLEN FESTE IMMER SEHR ERFREULICH ...
FÜR MICH SIND SIE STINKLANGWEILIG! MIR STEHT DER SINN MEHR MEHR NACH ACTION! PIAU!
DREIPEO! ERZWO!

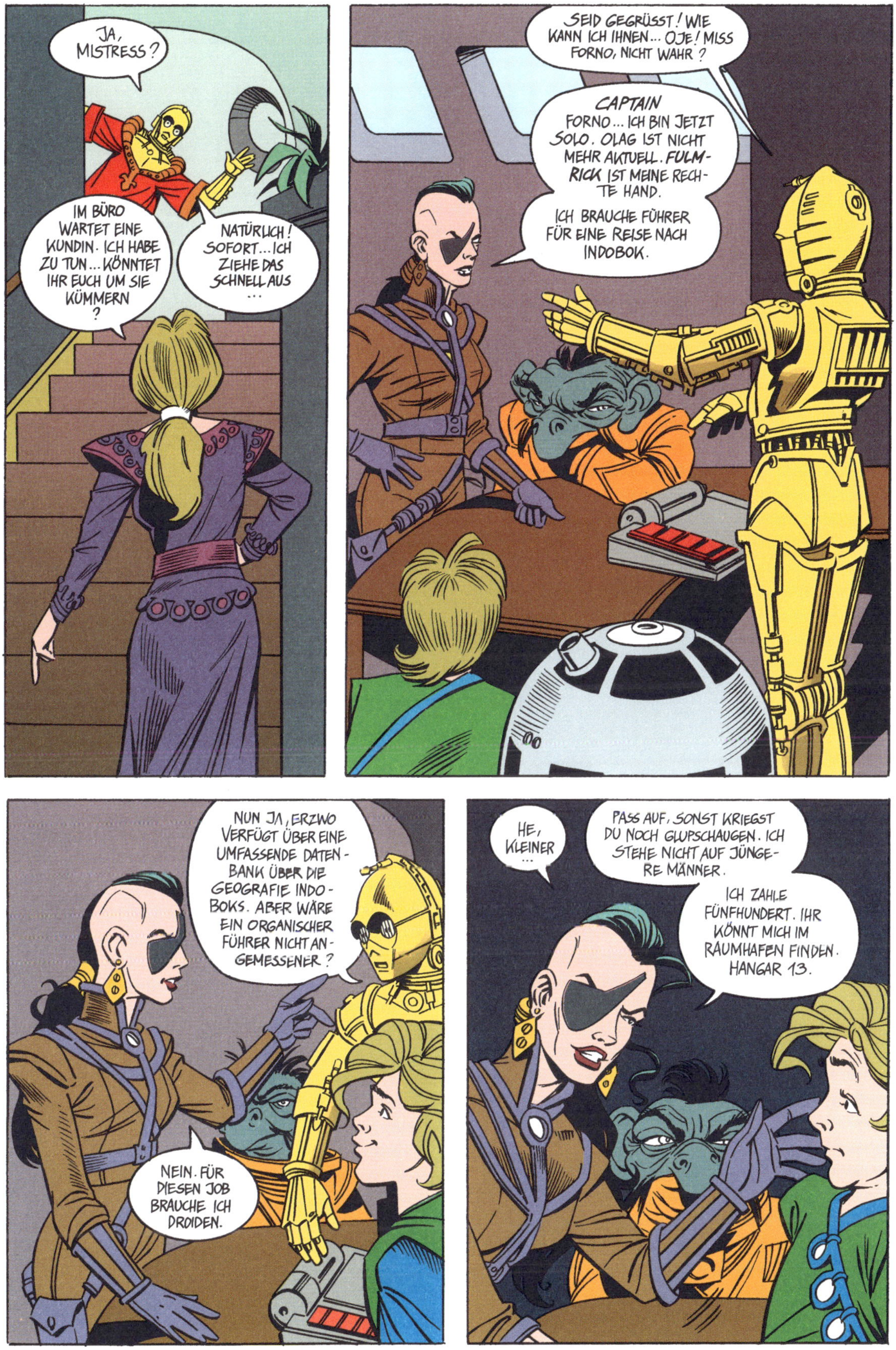
JA, MISTRESS?
IM BÜRO WARTET EINE KUNDIN. ICH HABE ZU TUN... KÖNNTET IHR EUCH UM SIE KÜMMERN?
NATÜRLICH! SOFORT... ICH ZIEHE DAS SCHNELL AUS...
SEID GEGRÜSST! WIE KANN ICH IHNEN... OJE! MISS FORNO, NICHT WAHR?
CAPTAIN FORNO... ICH BIN JETZT SOLO. OLAG IST NICHT MEHR AKTUELL. FULMRICK IST MEINE RECHTE HAND.
ICH BRAUCHE FÜHRER FÜR EINE REISE NACH INDOBOK.
NUN JA, ERZWO VERFÜGT ÜBER EINE UMFASSENDE DATENBANK ÜBER DIE GEOGRAFIE INDOBOKS. ABER WÄRE EIN ORGANISCHER FÜHRER NICHT ANGEMESSENER?
NEIN. FÜR DIESEN JOB BRAUCHE ICH DROIDEN.
HE, KLEINER...
PASS AUF, SONST KRIEGST DU NOCH GLUPSCHAUGEN. ICH STEHE NICHT AUF JÜNGERE MÄNNER.
ICH ZAHLE FÜNFHUNDERT. IHR KÖNNT MICH IM RAUMHAFEN FINDEN. HANGAR 13.

SIE IST SO ...
ZWEIFELHAFT. PARDON.
VIP DA TRIET!
ERZWO? DU BIST WIRKLICH INTERESSIERT?
ICH WÜRDE EHRLICH GESAGT LIEBER NICHT GEHEN, ABER DAS MÜSSEN MASTER UND MISTRESS PITAREEZE ENTSCHEIDEN.
„SCHLIESSLICH SIND WIR IHRE ANGESTELLTEN!"
SIE HABEN AKZEPTIERT, CAPTAIN!
GUT. MIT DEN DROIDEN MÜSSTEN WIR EINE GANZE LADUNG DER KRISTALLE UND NICHT NUR EINEN EINZIGEN KRIEGEN KÖNNEN...
SIEH DIR DIESE ENERGIE-TRANSFER-RATE AN. SO EIN KRISTALL KÖNNTE EINEN KLEINEN PLANETEN MIT ENERGIE VERSORGEN! AUF DEM FREIEN MARKT IST ER EIN VERMÖGEN WERT!
ABER WARUM NEHMEN WIR DIE DROIDEN MIT?
WENN MEIN PLAN FUNKTIONIERT UND *INORGANISCHE* AN DIESEN ... DINGERN VORBEIKOMMEN, HAUEN WIR MIT EINEM SACK VOLLER KRISTALLE AB UND BESEITIGEN DIE DROIDEN. KEINE ZEUGEN.
WARUM SOLLTE ICH *MEINE* DROIDEN IN GEFAHR BRINGEN? MACH DAS SCHIFF FERTIG...
... WIR STARTEN MORGEN FRÜH!

GUTEN MORGEN, CAPTAIN FORNO! WIR SIND DA!
IST JA TOLL. BEWEGT EUCH... WIR STARTEN IN FÜNF MINUTEN.
DAS IST SEHR UNGEWÖHNLICH, ERZWO. MIR GEFÄLLT DAS NICHT...
WIR KENNEN NICHT MAL UNSERE AUFGABE!
SCHLUSS MIT DEM GEPLAUDER, JUNGS...
... WIR SIND IM LANDEANFLUG!

UNSER ZIEL IST EINE SCHMALE SCHLUCHT AM FUSS DIESER BERGE. SIE IST ETWA ZWEI KILOMETER ENTFERNT.
EIN ASCHESTURM SCHEINT SICH ZUSAMMENZUBRAUEN. WIR MÜSSEN UNS BEEILEN.
DIE ASCHEWOLKEN, DIE DER WIND AUFWIRBELT, KÖNNEN EINEN BLENDEN.
DIE ASCHE GERÄT IN MEINE GELENKE!
HALT DIE KLAPPE, SCHROTTHAUFEN, UND HÖR ZU, DENN ICH SAG'S NUR EINMAL...
ERZWO SOLL MIT SEINEN SCANNERN NACH EINER STARKEN ENERGIEQUELLE SUCHEN. WENN WIR GETRENNT WERDEN, FÜHRT DIE STRAHLUNG UNS ZU EINER FLACHEN SENKE AM ENDE DER SCHLUCHT.
DORT FINDET IHR KRISTALLE, DIE SICH IN DER GESTEINSSCHICHT GEBILDET HABEN. PACKT SO VIELE WIE MÖGLICH DAVON IN DEN RUCKSACK!
FULMRICK UND ICH ERWARTEN EUCH BEIM SCHIFF. ...WIR LENKEN DIE EINHEIMISCHEN AB.
WEN?
LAUFT SCHON LOS! DA KOMMEN SIE!
KRUSHK
OJE!

ZEOOOOOW
DAS MÜSSTE SIE AUFHALTEN!
DREIPEO, ERZWO... BEEILT EUCH! WIR TREFFEN UNS AM SCHIFF!
WIE DÜSTER... GEHEN WIR NOCH IN DIE RICHTIGE RICHTUNG, ERZWO?
FLIRP-DIT!
DAS HABE ICH BEFÜRCHTET...
KKRUNK!
HERRJE!

DU MEINE GÜTE! ALS GÄBE ES UNS GAR NICHT...
VRRT!
JA. WIR BEEILEN UNS WOHL BES-SER.
FRIET DWIP-TIET!
ICH SEHE ES SELBST, ERZWO... BEMERKENS-WERT!
HÖR AUF ZU GAFFEN, UND NIMM MIR DEN RUCKSACK AB!
WIE SIE LEUCHTEN... HOFFENTLICH SIND SIE NICHT RADIOAKTIV! MEINE PROZESSOREN SIND SEHR EMPFINDLICH!
SNAPK

KRASHK
TWAARK!
OJE! ZURÜCK!
ERZWO! HILFE!
VIP DA DUHT!
DER KRISTALL? OH, NATÜRLICH!
FANG!
LAUF, ERZWO! LAUF!

VER-SCHWINDET! ICH HABE KEINE LUST AUF EIN TÄNZCHEN!
SHREEOW
VRIEP! VRIEP!!
ICH WERD NICHT MEHR! SIE KÖNNEN DROIDEN SEHEN ... ZUMINDEST SOLCHE, DIE SIE BEKLAUEN!
FULMRICK, SCHMEISS DEN ANTRIEB AN! ES WIRD GANZ KNAPP!
ERZWO! WARTE!
DA VORN IST DAS SCHIFF! GIB MIR DIE KRISTALLE!
TWARK!
ICH SAGTE, HER MIT DEN KRISTALLEN, VERDAMMT!
ERZWO WILL DAMIT WARTEN, BIS WIR AN BORD SIND, MA'AM!

WAS?
UM DICH KÜMMERE ICH MICH SPÄTER, ROSTKÜBEL!
OJE... DIE ASCHE IST IN MEINE GELENKE GERATEN. ICH KANN NICHT MITHALTEN, ERZWO!
ZZOW
KRARKK
BEEILT EUCH! SIE KOMMEN!
MEINE BEINE SIND GANZ STEIF! ICH KANN MICH NICHT BEWEGEN!
ALLES KLAR, FULMRICK! BRING UNS HIER WEG!
CLANG
HILF MIR, ERZWO...
ICH RUTSCHE AB!

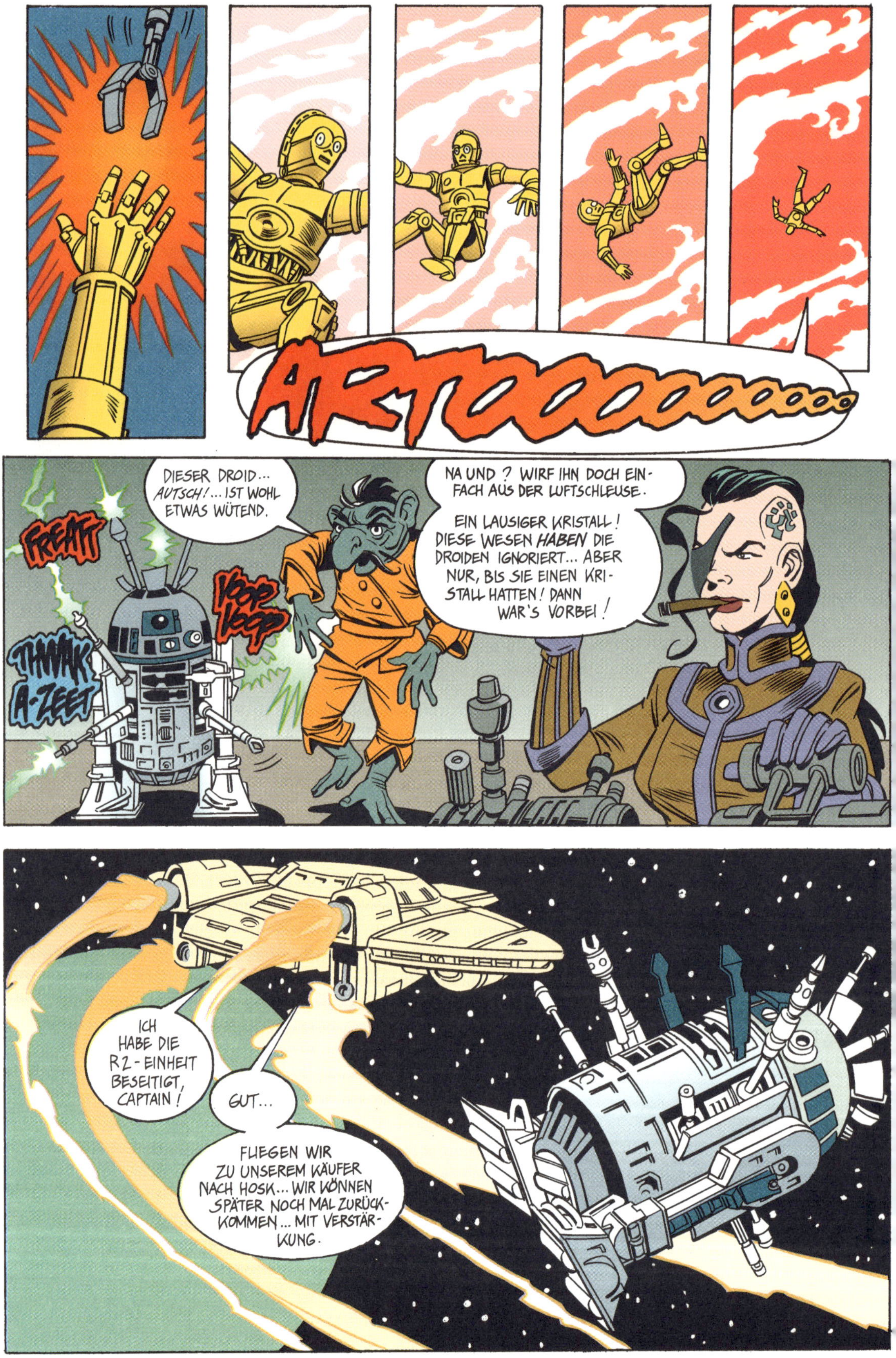
ARTOOOOOOOOO
DIESER DROID... AUTSCH!... IST WOHL ETWAS WÜTEND.
FREAT
VOOP VOOP
THWAK A-ZEET
NA UND ? WIRF IHN DOCH EINFACH AUS DER LUFTSCHLEUSE.
EIN LAUSIGER KRISTALL! DIESE WESEN HABEN DIE DROIDEN IGNORIERT... ABER NUR, BIS SIE EINEN KRISTALL HATTEN! DANN WAR'S VORBEI!
ICH HABE DIE R2-EINHEIT BESEITIGT, CAPTAIN!
GUT...
FLIEGEN WIR ZU UNSEREM KÄUFER NACH HOSK... WIR KÖNNEN SPÄTER NOCH MAL ZURÜCKKOMMEN... MIT VERSTÄRKUNG.

„… VIELLEICHT BRINGEN WIR DEN REST DES TAGES MAL OHNE ÄRGER HINTER UNS.“
ICH MACHE MIR SORGEN, OPA. DREIPEO UND ERZWO MÜSSTEN LÄNGST ZU HAUSE SEIN!
ES WIRD WIRKLICH SPÄT…
SCHLECHTE NACHRICHTEN …
CAPTAIN FORNOS KREDITBELEG IST GEPLATZT! WIR WURDEN GELINKT!
DANN FLIEGEN WIR WOHL MAL NACH INDOBOK, WAS?
ICH LASSE DEN KREUZER WARMLAUFEN.
SIND WIR SCHON DA?
BALD, MEIN JUNGE. Hmm…
WAS IST LOS?
ICH ORTE ETWAS… DIREKT VOR UNS!
ES IST ERZWO!
ICH ZIEHE IHN MIT DEM TRAKTORSTRAHL IN DIE LUFTSCHLEUSE. ARMER BURSCHE…

SONST NOCH WAS ?
NEIN...
FÜNFZIGTAUSEND FÜR EINEN KRISTALL! WIR FLIEGEN MIT MEHR LEUTEN, TURBOLASTERN UND BLASTERN ZURÜCK! JETZT KÖNNEN WIR UNS ECHTE HILFE LEISTEN. MORGEN FRÜH STARTEN WIR, FULMRICK. ERLEDIGE ALLES.
JA, CAPTAIN.

FÜNFZIGTAUSEND. DIESMAL HOLE ICH MIR ALLE KRISTALLE IN DER SCHLUCHT!
SELBST WENN ICH DIESE WESEN DABEI PULVERISIEREN MUSS!
ARMER DREIPEO.
WIR MÜSSEN IHN VOR DIESEN WESEN RETTEN!
ARTOOOO
ALLERDINGS! ERZWO, LADE DIE KOORDINATEN IN DEN NAVI-COMPUTER!

KEINE ANGST, ERZWO. WIR HOLEN DREIPEO ZURÜCK!

HOFFENTLICH WEISS ERZWO, WOHIN ER GEHT...
BESTIMMT! ER HAT SCHON SCHLIMMERES ERLEBT.
EINS DER GESCHÖPFE!
BLEIB HINTER MIR, NAK!
ER BEWEGT SICH NICHT!
DU HAST RECHT!
SEHR VERWIRREND!
ICH SEHE LICHT VOR UNS!
MANN!
ERSTAUNLICH! KAUM ZU GLAUBEN!
ICH HÄTTE ES WISSEN MÜSSEN!

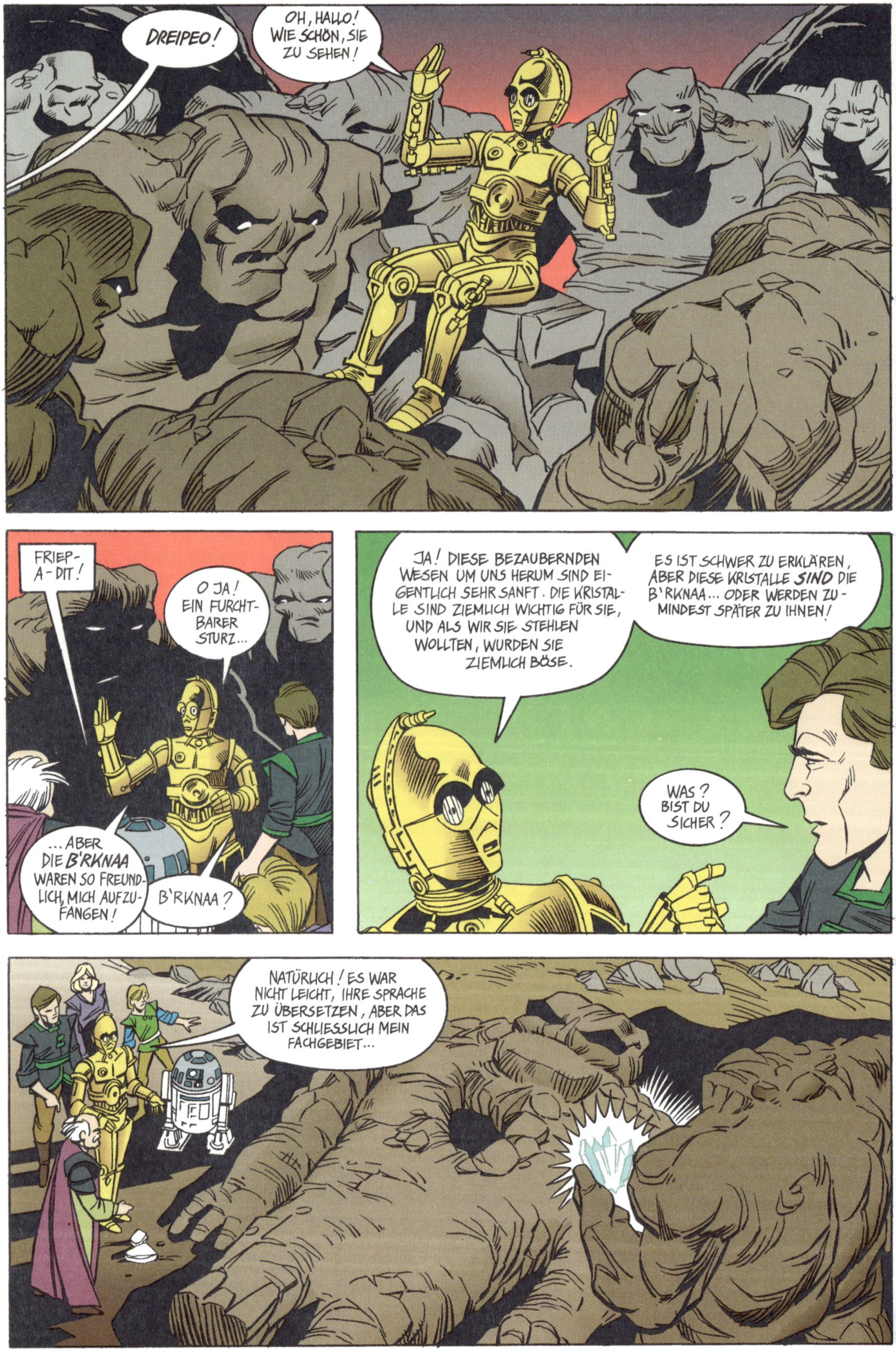
DREIPEO!
OH, HALLO! WIE SCHÖN, SIE ZU SEHEN!
FRIEP-A-DIT!
O JA! EIN FURCHTBARER STURZ...
...ABER DIE B'RKNAA WAREN SO FREUNDLICH, MICH AUFZUFANGEN!
B'RKNAA?
JA! DIESE BEZAUBERNDEN WESEN UM UNS HERUM SIND EIGENTLICH SEHR SANFT. DIE KRISTALLE SIND ZIEMLICH WICHTIG FÜR SIE, UND ALS WIR SIE STEHLEN WOLLTEN, WURDEN SIE ZIEMLICH BÖSE.
ES IST SCHWER ZU ERKLÄREN, ABER DIESE KRISTALLE SIND DIE B'RKNAA... ODER WERDEN ZUMINDEST SPÄTER ZU IHNEN!
WAS? BIST DU SICHER?
NATÜRLICH! ES WAR NICHT LEICHT, IHRE SPRACHE ZU ÜBERSETZEN, ABER DAS IST SCHLIESSLICH MEIN FACHGEBIET...

K-KRASK?
ICH VERSTEHE NICHT... LEBENDE STEINE? WIE IST DAS MÖGLICH?
ALSO WIRKLICH, PAPS! HAST DU NOCH NIE VON DEN RIESIGEN STEINAALEN VON STORTHUS GEHÖRT?
HMM... WENN DIESE KRISTALLE ASCHENHÜLLEN BELEBEN KÖNNEN, MÜSSEN SIE GEWALTIGE ENERGIEMENGEN GESPEICHERT HABEN.
... UND EIN VERMÖGEN WERT SEIN. DAS ERKLÄRT FORNOS GROSSES INTERESSE FÜR SIE.
ICH WEISS NICHT, OB ES WICHTIG IST...
... ABER IN DER SPRACHE DER B'RKNAA GIBT ES DAS WORT „ICH" NICHT.
EIN GRUPPENVERSTAND? SEHR INTERESSANT. ABER WENN DAS DIE KINDER SIND... WO SIND DANN DIE ERWACHSENEN?
VRIET-DA-DUHT!
ERZWO TEILT MIR MIT, DASS EIN SCHWERER ASCHESTURM AUFZIEHT. ES WÄRE RATSAM, DIE NACHT ÜBER HIER ZU LAGERN!
DANN MÜSSEN WIR WOHL BEI UNSEREN NEUEN FREUNDEN BLEIBEN, WAS, NAK?
TOLL!

... SCANNER ZEIGEN AN, DASS GERADE EIN ASCHESTURM ÜBER DAS GEBIET GEZOGEN IST. WIR MÜSSTEN BEI DER LANDUNG ALSO GUTE SICHT HABEN.
SEHR GUT...
DIESE VIECHER SCHEINEN UNTERIRDISCH ZU LEBEN. DESHALB HAT NOCH NIE EINER EINS GESEHEN.
SIE KÖNNEN FAST ÜBERALL AUFTAUCHEN. ALSO SEID AUF DER HUT. ERST SCHIESSEN, DANN DENKEN!
HMM... MISS FORNO? SIND SIE DAS?
MASTER NAK! WACH AUF! ERZWOS SCANNER HABEN ETWAS ENTDECKT!
FIEP WUHP!
OJE! CAPTAIN FORNOS SCHIFF SETZT ZUR LANDUNG AN!
ZWEIFELLOS, UM DIE ANDEREN KRISTALLE ZU HOLEN! WIR MÜSSEN HIER WEG!
JARTH! WIR DÜRFEN DIE B'RKNAA NICHT IM STICH LASSEN!
GENAU!
KEIN PITAREEZE IST JE FEIGE DAVONGELAUFEN... GANZ GLEICH, WIE GROSS DIE GEFAHR WAR!
NAK, HOL MEIN BLASTER-GEWEHR!

ALSO, JUNGS... SCHÖN LANGSAM. WIR SIND FRÜH GENUG DORT.
CAPTAIN FORNO!
LAUT DER SCANNER LIEGT DER KREUZER DER PITAREEZES UNTER ASCHE BEGRABEN... ZWEI KLICKS ENTFERNT...
WAHRSCHEINLICH HABEN SIE NACH DEN DROIDEN GESUCHT UND WURDEN VOM STURM ÜBERRASCHT, FULMRICK.
SELBST WENN SIE ÜBERLEBT HABEN... DIESE BLAUBLÜTER KÖNNEN EINEN BLASTER NICHT VON EINEM BANTHA UNTERSCHEIDEN...
UNGH!
ICH WERD NICHT MEHR! DAS FEUER ERWIDERN!
BRAAAM!
MANN! DU HAST DEN HÄSSLICHEN KNACKER VOLL GETROFFEN!
CAPTAIN! ICH NEHME VOR IHNEN BEWEGUNGEN WAHR!
SIE KOMMEN!

IHR DEPPEN SEID SEIT MEINEM LETZTEN BESUCH WOHL KLÜGER GEWORDEN!
ACH, WAS SOLL'S... DER BLASTER IST GELADEN, UND JETZT HAB ICH LUST AUF EIN TÄNZCHEN!
ZEEOW!
BRAAM!
KKKRAK!
CHREE-CHREE!
SHRAKK
PA-KOOM
VASHUMP
HUNNGK!
ZEEOW!

WIR HABEN SIE IN DIE FLUCHT GESCHLAGEN! SCHIESST WEITER!
MEG! WIR MÜSSEN HIER WEG!
NEIN! WIR SCHLAGEN SIE!
BRAM!
PAKOAM
SHKRUNCH
FULMRICK, HOL DAS SCHIFF HER! HIER PASSIERT WAS SELTSAMES!
DAS IST NICHT GUT... GAR NICHT GUT!
BEI DEN GIPFELN!
WOW!

ICH BIN FAST DA... CAP... HILFE!

SHRUNNK
SSKKRRUNK!
SHA-KRAM
MEIN SCHIFF...
IHRE SCHLÄGER SOLLEN DIE WAFFEN FALLEN LASSEN...
SOFORT!

ENDE DIESER EPISODE

NOK NOK
JA ?
HALLO, DA UNTEN !
WIE GEHT'S DEM KLEINEN MORGO ?
RAT MAL, WER MICH GEBRACHT HAT !

ICH KENNE SIE. SIE BRACHTEN AUCH MICH NACH HAUSE.
WO IST DICK ?
IN DER...
... WERK-STATT.
OH! HOFFENTLICH NICHTS ERNSTES. DANKE, DASS IHR MORGO NACH HAUSE GEBRACHT HABT.

ABKÜRZUNG ?
SCHLÄFT.
ABKÜRZUNG ...
... WACH .
GRRRAWK
HURP!

MASTER NAK, SOLLTEST DU NICHT DEINEN GROSS-VATER FRAGEN, BEVOR DU DIESES GERÄT KAUFST?
ABER DU HAST MR. VULDO DOCH GEHÖRT! WENN ICH ES NICHT KAUFE, WIRD ES VERSCHROTTET!
UND AUS GUTEM GRUND! ES WURDE OFFENSICHTLICH HIER ZURÜCKGELASSEN!
EHRLICH, JUNGE, DER SCHROTTHÄNDLER IST SCHON UNTERWEGS...
KRASH
DRICK UND DRACK! SIE ARBEITEN IM KINDERGARTEN!
D-MODELLE? DIE SIND DOCH SCHON SEIT JAHREN AUSSER DIENST!
FUUH-TWIEP?

HE! WARUM SEID IHR ALLEIN UNTERWEGS?
... MUSSTEN MORGO...
... NACH HAUSE BRINGEN.
WO IST DICK? IHR SEID DOCH IMMER ZUSAMMEN!
IN DER...
... WERKSTATT.
ACH? DA KOMMT IHR AUCH HIN, WENN IHR NICHT ABHAUT!
BITTE, SIR, SIE SIND SEHR ALT...
JUNGE, ICH HABE NICHT DEN GANZEN TAG ZEIT. WILLST DU DIESE EINHEIT NUN KAUFEN?
ÄH... KLAR...
KRIEG ICH AUCH GARANTIE DRAUF?
HUU WUUUUH!

WENN DAS NICHT ZWEI DER BELIEBTESTEN BABYSITTER DER STADT SIND!
SAGT, WO IST ...
IN DER WERKSTATT.
IN DER WERKSTATT? KOMMT EINEM UNGEWOHNT VOR, NUR ZWEI ZU SEHEN!

HALLO, DICK.

ERZWO ? HÖR AUF, DEN MOND ANZUSTARREN, UND KOMM REIN !

SEIT WIR DIESE D-MODELLE TRAFEN, HAT ER KEINEN PIEPSER MEHR VON SICH GEGEBEN.
ICH GLAUBE, ERZWO MACHT SICH SORGEN UM IHREN GEFÄHRTEN ... DEN IN DER WERKSTATT.
DU SOLLTEST IHN DIR MAL ANSEHEN, NACHDEM DU MIT DIESEM UNGETÜM FERTIG BIST.
SIND WIR REIZBAR !

REIZBAR? DAS IST IN MEINER PROGRAMMIERUNG NICHT ENTHALTEN, OBWOHL MEINE SYSTEME VON DER REISE ETWAS ÜBERANSTRENGT SIND...
BEKÄMEN ERZWO UND ICH DOCH NUR EINEN TEIL DER AUFMERKSAMKEIT, DIE DU DIESEM SCHROTTHAUFEN WIDMEST!
JETZT KLINGST DU EIFERSÜCHTIG!
AUF DIESES ZUSAMMENGEKLEBTE UNGEHEUER? DAS IST DOCH LÄCHERLICH!
KOMM SCHON, DREIPEO! ICH BAUE DIESES DUMME DING NUR ZUSAMMEN, DAMIT ES DIE HAUSARBEIT ERLEDIGEN KANN...
...WÄHREND DU UND ERZWO MIT MIR SPIELT.
WIRKLICH? DAS WIRD ERZWO BESTIMMT SEHR GEFALLEN!
KOMM REIN, ERZWO! MASTER NAK HAT ERKLÄRT...
ERZWO?

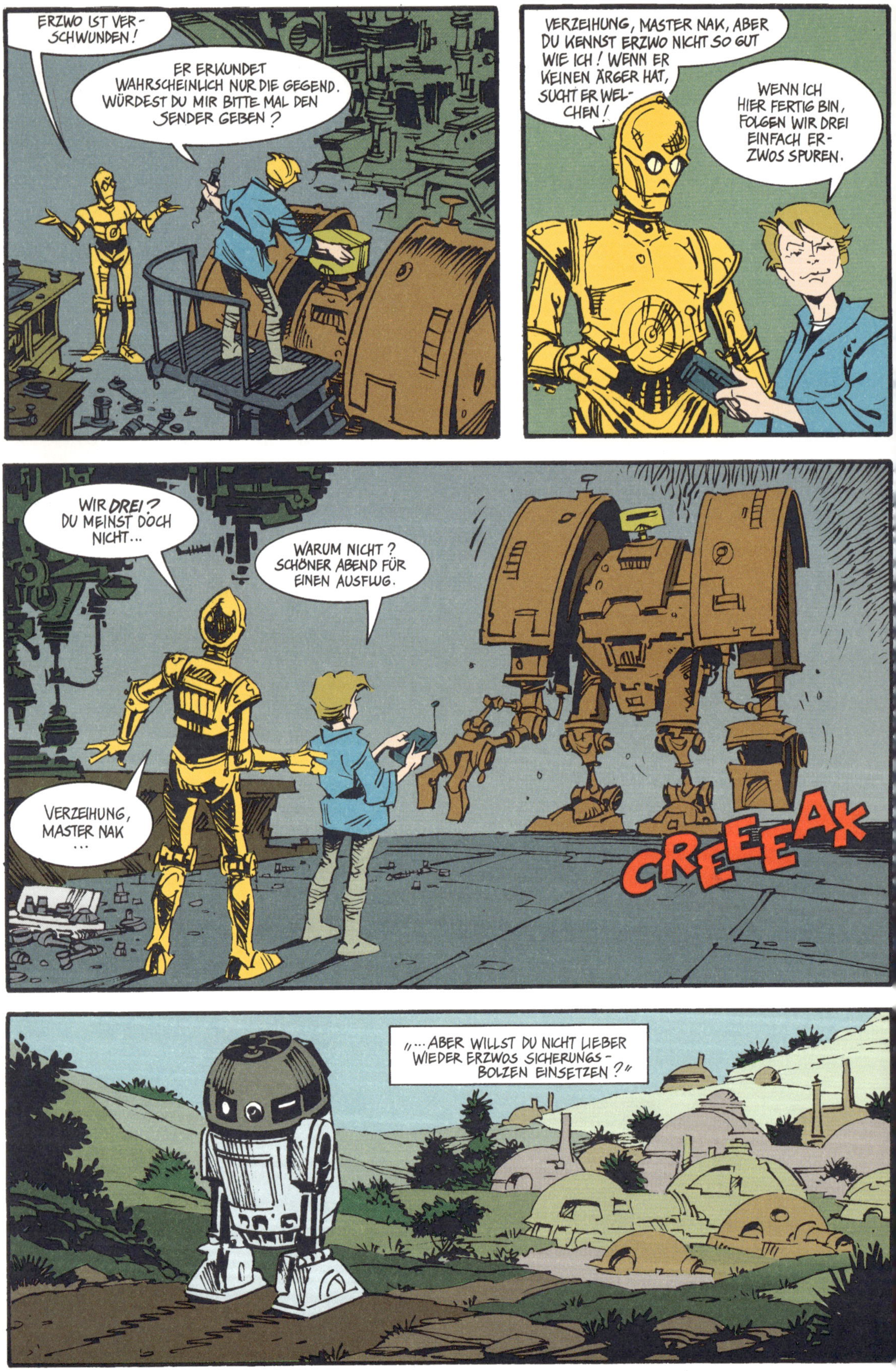
ERZWO IST VERSCHWUNDEN!
ER ERKUNDET WAHRSCHEINLICH NUR DIE GEGEND. WÜRDEST DU MIR BITTE MAL DEN SENDER GEBEN?
VERZEIHUNG, MASTER NAK, ABER DU KENNST ERZWO NICHT SO GUT WIE ICH! WENN ER KEINEN ÄRGER HAT, SUCHT ER WELCHEN!
WENN ICH HIER FERTIG BIN, FOLGEN WIR DREI EINFACH ERZWOS SPUREN.
WIR DREI? DU MEINST DOCH NICHT...
WARUM NICHT? SCHÖNER ABEND FÜR EINEN AUSFLUG.
VERZEIHUNG, MASTER NAK ...
CREEEAK
„... ABER WILLST DU NICHT LIEBER WIEDER ERZWOS SICHERUNGSBOLZEN EINSETZEN?"

BZZT
PING
WUUUUHHH.

FUUH-TWIEP?

FUUH-TWIEP?
FUUH-TWIEP?
BZZZT

HÖRT ZU, DROIDEN! IHR GEHÖRT DER STADT ... ALSO MIR GENAU WIE JEDEM ANDEREN AUCH!
ABER ... WIR KINDERGARTEN ...
DAS WEISS ICH, ABER MIR WÄCHST DIE ARBEIT EINFACH ÜBER DEN KOPF. ICH BRAUCHE HILFE ...
ABER ... GEGEN UNSERE PROGRAMMIERUNG.
HE, IHR SOLLT JA KEINE BLASTER ABFEUERN ... NUR FÜR MICH ZUSAMMENSETZEN ...
ABER ... GESCHÄFT ILLEGAL.
JETZT KOMMST DU MIR MIT FORMALITÄTEN? ICH WERDE DIR FORMALITÄTEN ZEIGEN! ICH KANN VORWITZIGE DROIDEN EINFACH NICHT AUSSTEHEN!

DU HÄLTST DICH FÜR SCHLAU, WAS?
FÜR SEHR KLUG?
SAG DEINEN FREUNDEN LEBEWOHL!

PASST GENAU AUF, IHR BEIDEN. WENN IHR MIR NICHT HELFT ODER MICH VERRATEN WOLLT ...

SIEH AN, WEN HABEN WIR DENN DA? EINEN STREUNER?
AUFWACHEN!
BUP?
BUD-DUP?
KWANG
KWIIIIEEE...!
ICH KENNE DICH DOCH! DU WARST BEI DEM BLÖDEN JUNGEN, DER MIR SCHROTT ABKAUFTE!
HABEN DIE BEIDEN HEULSUSEN WAS GESAGT?
KEIN EINZIGES ...
...WORT!

ACH ? ABER ER HAT EURE ARBEIT GESEHEN ! IHR HÄTTET HINTER EUCH AUFRÄUMEN SOLLEN !
DAS HABT IHR EUCH SELBST EINGEBROCKT !
VERABSCHIEDE DICH VON DEINEN FREUNDEN !
FWIP
AARRGH !!
BZZT
SSSSS
UNK !
UKT !
LASST MICH LOS !
KLANK
DAS ... WAR SEHR DUMM ...
... UND ES WIRD EUCH NOCH LEID TU ...

K-KRAAASH
YAAAAAGH!!
ICH...
ULP!
uunnnnhh...
SMASH

ICH... WOLLTE DOCH NUR HÖFLICH ANKLOPFEN!
ERZWO-DEZWO... ICH NEHME LASERDÄMPFE WAHR!
DU BIST SO VERANTWORTUNGSLOS WIE MASTER NAKS FERNGESTEUERTER HAUSZERTRÜMMERER!
WIIEO-P' DIEP! BRIIIEE-BOP!
O NEIN! MISTER VULDO! WAS HABE ICH GETAN?
ERZWO SAGT, MISTER VULDO HAT OHNE LIZENZ BLASTER HERGESTELLT!
WUUUHH...
WAS? WO SIND DRICK UND DRACK?
KANN DER GROSSE...
...UNSER FREUND SEIN?

... ALS DANN DIE POLIZEI KAM UND DRICK UND DRACK ALLES ERKLÄRT HATTEN, HABEN SIE MISTER VULDO VERHAFTET.
SO HAT ES DOCH NOCH EIN GLÜCKLICHES ENDE GENOMMEN, BARON.
VIELLEICHT, DREIPEO ... BIS AUF DEN ARMEN DICK! DIESE DREI DROIDEN WAREN SCHON MEINE KINDERGÄRTNER!
DICK WAR EIN URALTES D-MODELL ... UNERSETZBAR! JETZT GIBT ES IHN NICHT MEHR ... WEGEN EINES MANNES MIT EINEM BLASTER!
WIE PASSEND, DASS DICKS MÖRDER VON EINEM ANDEREN DROIDEN ZUR STRECKE GEBRACHT WURDE. ABER ... WO IST DENN DEINE SCHÖPFUNG, NAK?
ICH HABE SIE DRICK UND DRACK GESCHENKT.
WAS? ABER WARUM?
DRICK UND DRACK HABEN DICKS KOGNITIVE THEORIE-EINHEIT UND SPEICHERBÄNKE GERETTET...
DICKS KERNSYSTEME UND ALL SEINE ERINNERUNGEN. ALSO GIBT ES DOCH NOCH ETWAS VON IHM, BARON!
ERZWO HAT DIE EINHEIT EINGEBAUT, DANN SIND DIE DREI LOSGELAUFEN. ICH GLAUBE, SIE WOLLTEN ... SPIELEN!
PWIIIEE-DUHP!
„... GENAU, ERZWO. SIE HABEN ETWAS VON EINER ABKÜRZUNG GESAGT ...“

GRRRAWK
HULT?
WAKA WAKA WAKA

ENDE DIESER EPISODE

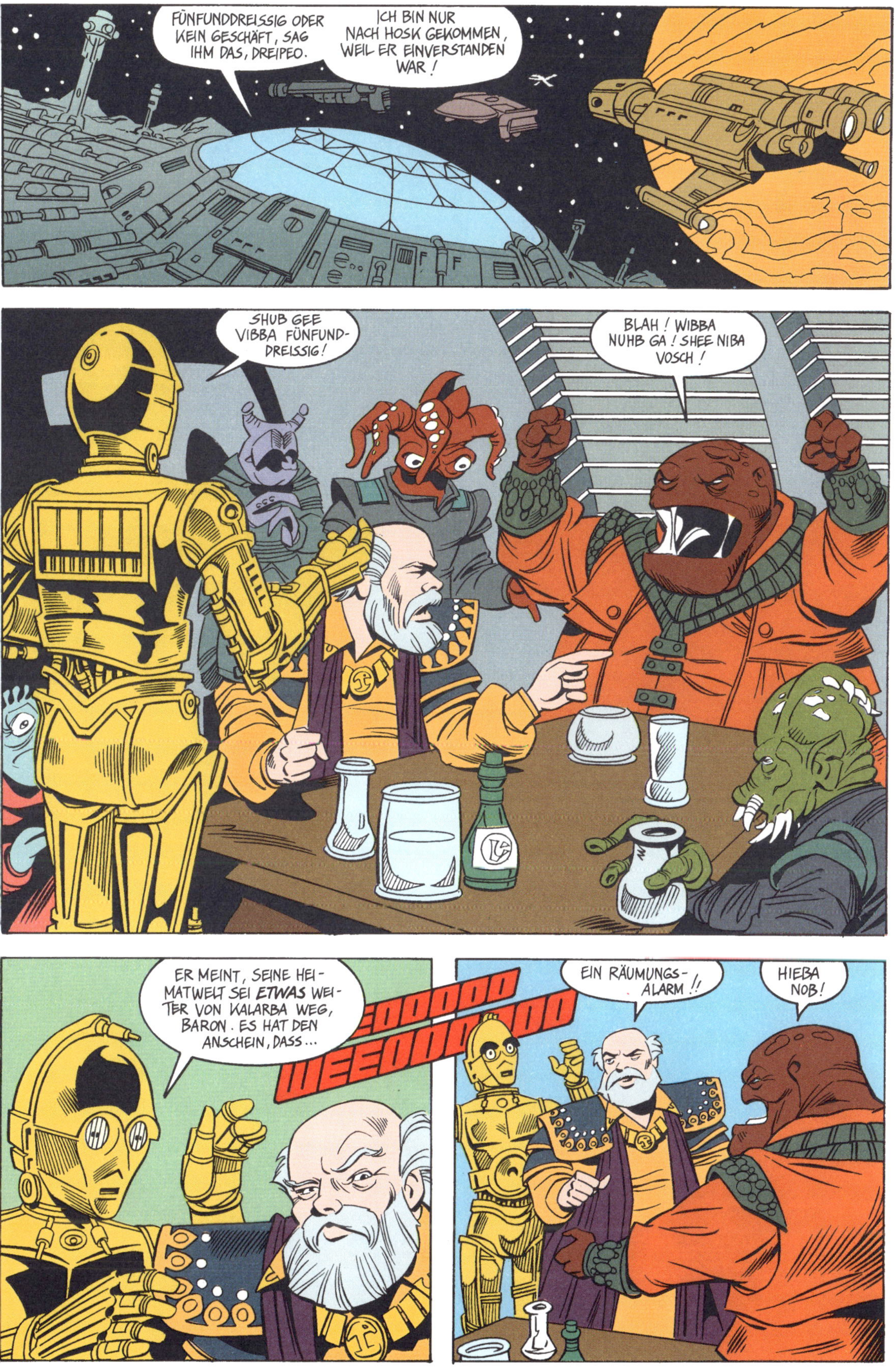

FÜNFUNDDREISSIG ODER KEIN GESCHÄFT, SAG IHM DAS, DREIPEO.
ICH BIN NUR NACH HOSK GEKOMMEN, WEIL ER EINVERSTANDEN WAR!
SHUB GEE VIBBA FÜNFUND-DREISSIG!
BLAH! WIBBA NUHB GA! SHEE NIBA VOSCH!
ER MEINT, SEINE HEIMATWELT SEI *ETWAS* WEITER VON KALARBA WEG, BARON. ES HAT DEN ANSCHEIN, DASS...
EOOOOOO WEEOOOOOO
EIN RÄUMUNGS-ALARM!?
HIEBA NOB!

OJE, OJE!
BEI DEN GIPFELN!
SIE LAUFEN ZUM RAUMHAFEN!
HALT! WAS HAT DAS ZU BEDEUTEN?
DER ENERGIEKERN IST GERISSEN! HOSK WIRD EXPLODIEREN! IN EINER STUNDE IST DIE STATION NUR NOCH STAUB!
SCHNELL ZURÜCK ZUM SCHIFF, DREIPEO. ERZWO SOLL ALLES AUS DEN LADERÄUMEN WERFEN, WAS WIR NICHT BRAUCHEN, UM ES NACH KALARBA ZU SCHAFFEN!
ICH TROMMLE SO VIELE FLÜCHTLINGE WIE MÖGLICH ZUSAMMEN!
JA, SIR!

DAS IST DIE LETZTE, ERZWO.
WÄRE DER BARON DOCH SCHON HIER ... DIE ZEIT WIRD KNAPP!
ERZWO! MACH DAS SCHIFF STARTKLAR!
SCHNELL, HILF MIR, DIESE ARMEN WESEN AN BORD ZU BRINGEN!
FA-WIET! DA FRIIEP DIT!
SIR, ERZWO MEINT, DAS SEI EINE ZU GROSSE NUTZLAST FÜR DAS SCHIFF!
WENN WIR IN DER ZUR VERFUGUNG STEHENDEN ZEIT EINEN SICHEREN ABSTAND ERREICHEN WOLLEN, MÜSSEN MINDESTENS ZWEI HIERBLEIBEN.
DANN BLEIBEN ICH UND EIN ANDERER.
BITTE OPFERN SIE SICH NICHT. UNSER LEBEN WAR ERFÜLLT. WIR WERDEN BLEIBEN.
JA, DIE BÄUME UNSERER HEIMAT WERDEN SICH AN UNS ERINNERN UND VON UNSEREM LEBEN SINGEN.
TWARK! ZWIEP-A-DIET!
JA, ERZWO, NATÜRLICH...

ES IST SEHR GROSSZÜGIG, DASS SIE SICH FÜR UNSER WOHLERGEHEN OPFERN WOLLEN, ABER WIR...
...SIND NUR DROIDEN.
DREIPEO...
WIR MÜSSEN DARAUF BESTEHEN, BARON. WIR WURDEN SO PROGRAMMIERT!
DIE WÄLDER VON ITHOR WERDEN EURE NAMEN SINGEN...
ICH KOMME ZURÜCK. ICH SUCHE DIE TRÜMMER AB UND BAUE EUCH WIEDER ZUSAMMEN...
BEEILEN SIE SICH, BARON. DIE ZEIT IST KNAPP. GRÜSSEN SIE NAK ...UND DANKE...
SIE WAREN SEHR RÜCKSICHTSVOLL.
TWOOOO...

HOK TU BOK?
OH! HALLO, DU!
JA, WIR SIND ALLEIN. ICH BIN CE-DREIPEO, UND DAS IST ERZWO-DEZWO!
INPUT: WAS NUN?
WOHER SOLL ICH DAS WISSEN? ICH BIN KEIN KOORDINATOR-DROID.
WAS HAT DAS ZU BEDEUTEN?
DEINE GRUPPE WILL DOCH NICHT ETWA AUF PLÜNDERUNGSZUG GEHEN, ODER?
ICH MUSS DOCH BITTEN! ALS PROGRAMMIERTER DROID WÜRDE ICH NIE STEHLEN!
DU BIST ALSO DER CHEF DIESER GRUPPE?
ICH BIN GAR KEIN CHEF. ICH BIN CE-DREIPEO!
ACH WAS? NA JA, EGAL ... ICH BIN EINHEIT ZETT ... EIN EBENE-EINS-DROID UND CHEF DER AUTOMATISCHEN SICHERHEIT HIER AUF DER HOSK-STATION.

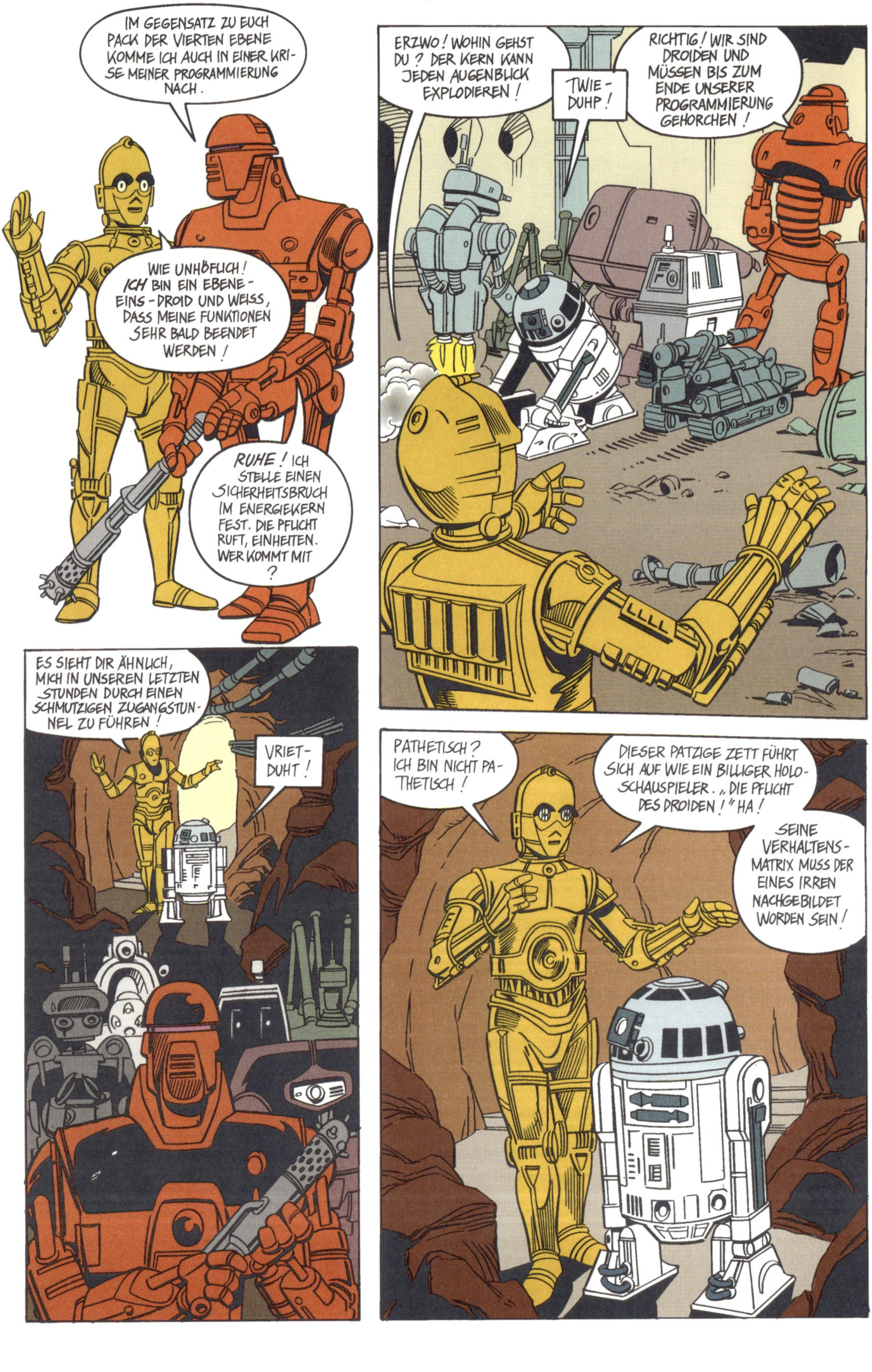
IM GEGENSATZ ZU EUCH PACK DER VIERTEN EBENE KOMME ICH AUCH IN EINER KRISE MEINER PROGRAMMIERUNG NACH.
WIE UNHÖFLICH! ICH BIN EIN EBENE-EINS-DROID UND WEISS, DASS MEINE FUNKTIONEN SEHR BALD BEENDET WERDEN!
RUHE! ICH STELLE EINEN SICHERHEITSBRUCH IM ENERGIEKERN FEST. DIE PFLICHT RUFT, EINHEITEN. WER KOMMT MIT?
ERZWO! WOHIN GEHST DU? DER KERN KANN JEDEN AUGENBLICK EXPLODIEREN!
TWIE-DUHP!
RICHTIG! WIR SIND DROIDEN UND MÜSSEN BIS ZUM ENDE UNSERER PROGRAMMIERUNG GEHORCHEN!
ES SIEHT DIR ÄHNLICH, MICH IN UNSEREN LETZTEN STUNDEN DURCH EINEN SCHMUTZIGEN ZUGANGSTUNNEL ZU FÜHREN!
VRIET-DUHT!
PATHETISCH? ICH BIN NICHT PATHETISCH!
DIESER PATZIGE ZETT FÜHRT SICH AUF WIE EIN BILLIGER HOLOSCHAUSPIELER. „DIE PFLICHT DES DROIDEN!" HA!
SEINE VERHALTENSMATRIX MUSS DER EINES IRREN NACHGEBILDET WORDEN SEIN!

SCHALTET EURE FOTOREZEPTOREN AUF VOLLE KRAFT, EINHEITEN! DAS LICHT IST AUSGEFALLEN!

DAS IST SCHRECKLICH. ICH KANN NICHTS SEHEN!
GEH WEITER, DREIPEO.
HHHHUURRRUUNNG
WER DA? VERDAMMT, WO IST DER LEUCHTSTAB-SCHALTER?

OJE... EIN HULGREN! HILFE! HILFE!!
VIEP-VIEP! SQUIIEEE...
ICH HABE BERICHTE ERHALTEN, DASS SICH EINER IN DEN UNTEREN EBENEN HERUMTREIBEN SOLL!

ZZZRACK
ERZWO! 11-17! HELFT MIR! SCHNELL!
JETZT HABE ICH IHN GEFUNDEN!

HHUURRENK
ZEOW
ZZRRTT

GUT GEMACHT!
WIR GEHEN WEITER... KEINE ZEIT ZUM TRÖDELN...
HMM... SPRING AN! SPRING AN!
IST HOFFNUNGSLOS!

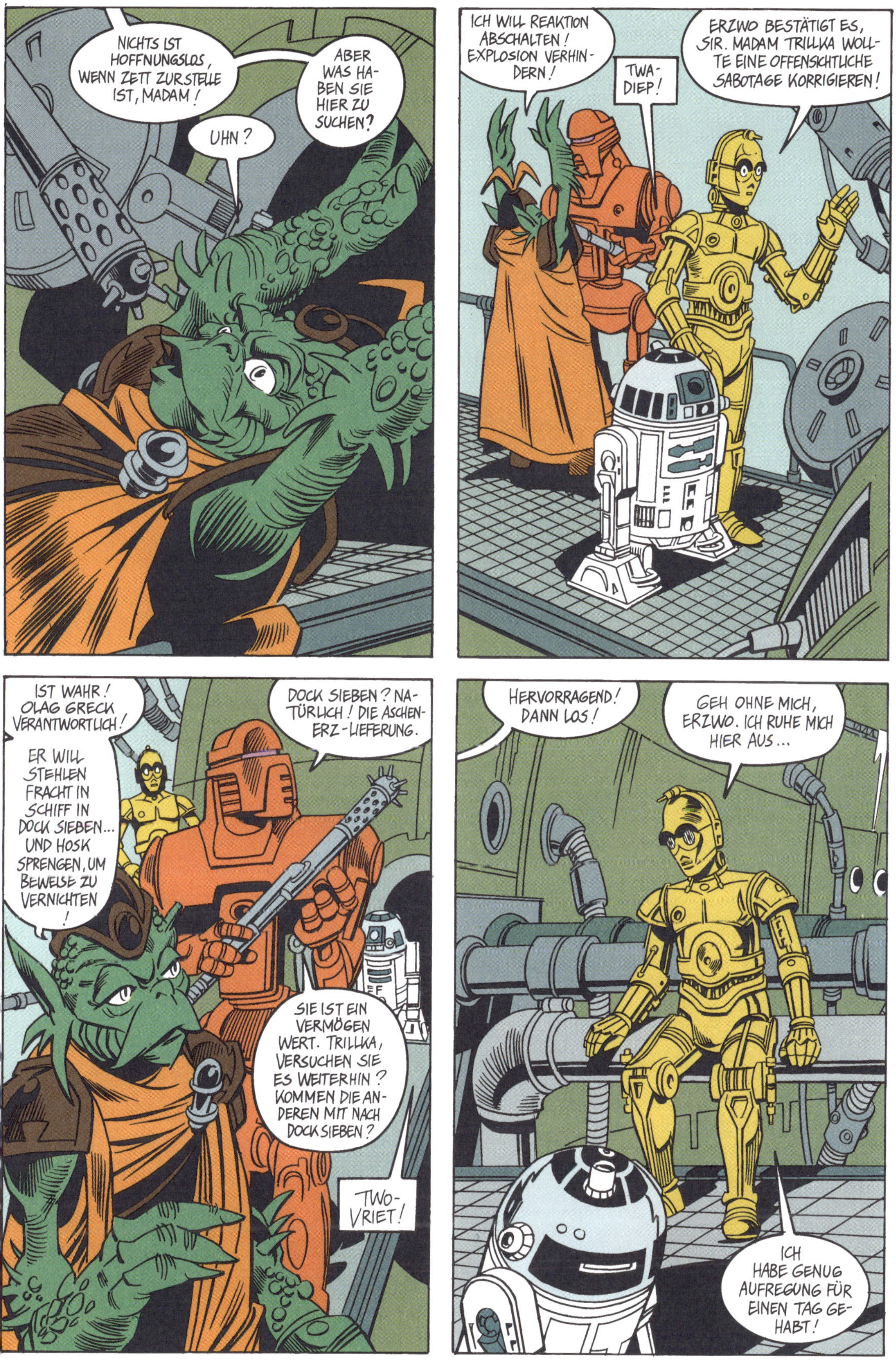
NICHTS IST HOFFNUNGSLOS, WENN ZETT ZURSTELLE IST, MADAM!
ABER WAS HABEN SIE HIER ZU SUCHEN?
UHN?
ICH WILL REAKTION ABSCHALTEN! EXPLOSION VERHINDERN!
TWA-DIEP!
ERZWO BESTÄTIGT ES, SIR. MADAM TRILLKA WOLLTE EINE OFFENSICHTLICHE SABOTAGE KORRIGIEREN!
IST WAHR! OLAG GRECK VERANTWORTLICH!
ER WILL STEHLEN FRACHT IN SCHIFF IN DOCK SIEBEN... UND HOSK SPRENGEN, UM BEWEISE ZU VERNICHTEN!
DOCK SIEBEN? NATÜRLICH! DIE ASCHENERZ-LIEFERUNG.
SIE IST EIN VERMÖGEN WERT. TRILLKA, VERSUCHEN SIE ES WEITERHIN? KOMMEN DIE ANDEREN MIT NACH DOCK SIEBEN?
TWO-VRIET!
HERVORRAGEND! DANN LOS!
GEH OHNE MICH, ERZWO. ICH RUHE MICH HIER AUS...
ICH HABE GENUG AUFREGUNG FÜR EINEN TAG GEHABT!

SPÄTER...
JA, DAS IST OLAGS WERK!
SEIN SCHIFF HOLT DIE BEUTE EIN, UND DER GAMORREANER, DER DIE DRECKSARBEIT MACHT, IST SEIN LAKAI XOB.

WIR MÜSSEN DIESEN DIEBSTAHL VERHINDERN, EINHEITEN! IHR HABT EURE BEFEHLE! LOS!

SCHNELLER, DU SIMPEL! IN VIERZIG MINUTEN BRICHT DER KERN!
EH? WAS IST DAS? OH, WIE NETT...

WENN DAS NICHT UNSERE ROBOTISCHE POLIZEI IST!
ER HAT MEINEN NEUESTEN HELFER WOHL NOCH NICHT GESEHEN.
„ABER MEIN HELFER HAT IHN BEMERKT!"

LECKER! LECKER! ZERSTAMPFE UND SCHMELZE EUCH ZWERGE FÜR OLAG!
GROZBOK! OLAG IST ES GELUNGEN, DIESEN URALTEN ABBRUCHDROIDEN UMZUPROGRAMMIEREN!
TRETET ZURÜCK, ZIVILISTEN... DAS WIRD EIN HARTES STÜCK ARBEIT!

HAH! IHR WERDET BALD IN MEINEM BAUCH SCHMELZEN, IHR LECKERBISSEN!
BRRRZZZAAT

KRONG
FWIET!
AACK!
ZZZT

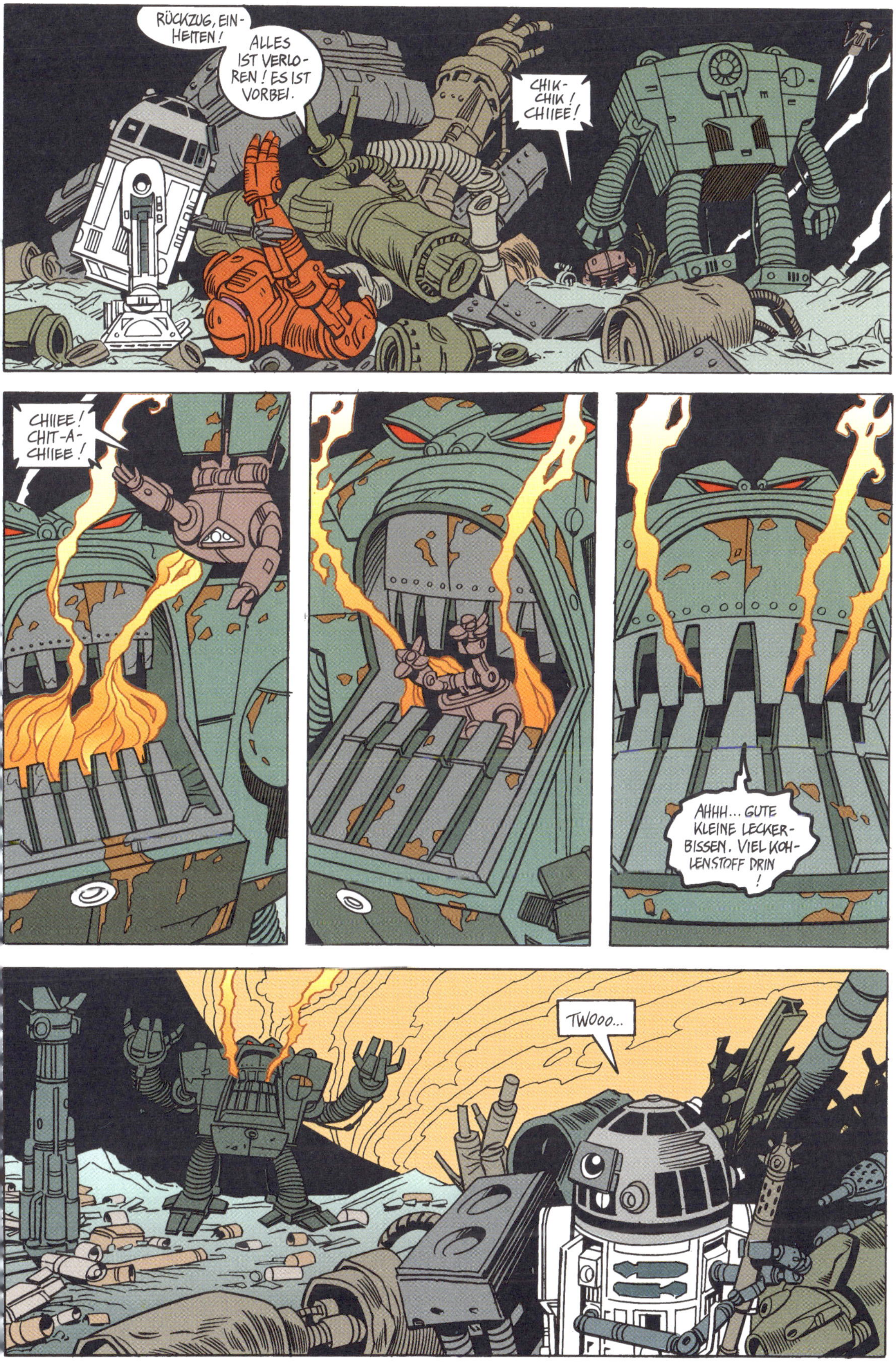
RÜCKZUG, EINHEITEN!
ALLES IST VERLOREN! ES IST VORBEI.
CHIK-CHIK! CHIIEE!
CHIIEE! CHIT-A-CHIIEE!
AHHH... GUTE KLEINE LECKERBISSEN. VIEL KOHLENSTOFF DRIN!
TWOOO...

IST SINNLOS! OLAG SABOTAGEKODE VERSCHLÜSSELT ... KANN EXPLOSION NICHT VERHINDERN!
KÖNNEN WIR GAR NICHTS TUN?
NEIN. HÄTTE ICH LASER, KÖNNTE ICH KÜHLSCHALTKREIS DURCHTRENNEN UND OBERE SÄUBERUNGSVENTILE ÖFFNEN...
EXPLOSION WÜRDE DURCH DECKE UND WEG VON HOSK GELEITET.
ICH VERSTEHE... DER SCHALTKREIS IST EIN DICKES ROHR! ABER DIESER HULGREN KÖNNTE ES MIT EINEM BISS DURCHTRENNEN!
HULGREN? WO?
I-IM ZUGANGSTUNNEL. WARUM FRAGEN SIE, MADAM?
ICH HABE IDEE! DU TUST FOLGENDES...
SPÄTER...
IDEE! DU MEINE GÜTE! HALLOO?

DAS IST SINNLOS! DIESES ABSCHEULI-CHE DING KOMMT EINFACH NI...
HHHHRRSSSSSSSS...
OJE! HILFE! HIIIILFE!
HHHIIIILLFEEE!
ICH BIN VERLOREN.

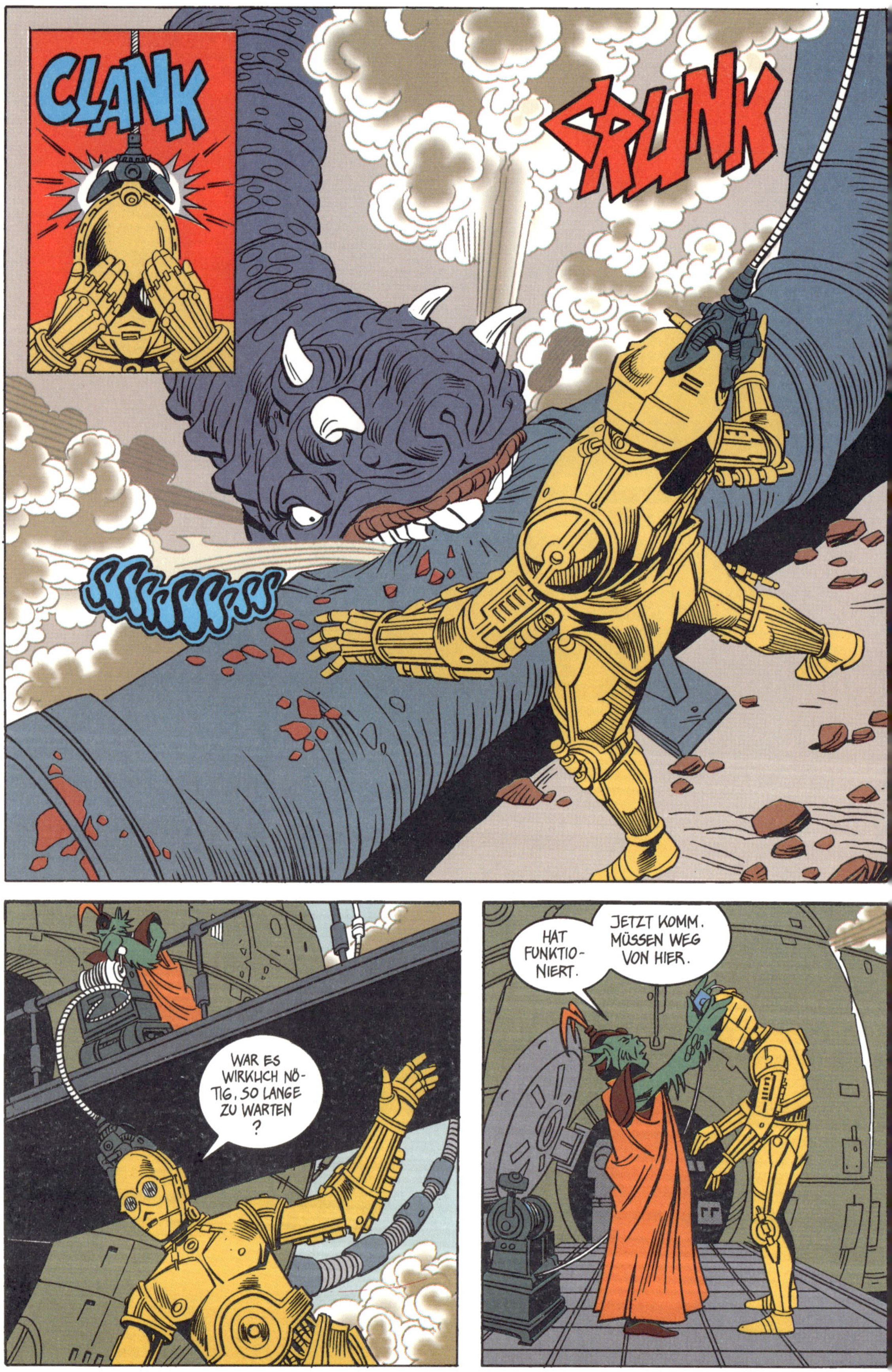
CLANK
CRUNK
SSSSSSSSS
WAR ES WIRKLICH NÖTIG, SO LANGE ZU WARTEN?
HAT FUNKTIONIERT.
JETZT KOMM. MÜSSEN WEG VON HIER.

WAS ... ? DU HAST DEN MUT AUFGEBRACHT, ZUM TATORT ZURÜCKZUKEHREN, GROZBOK ?
HUH ? KOMISCHER KLEINER LECKERBISSEN ... DIE ANDEREN SIND GEFLOHEN.
LASS MICH LOS, DU EBENE-FÜNF-OCHSE !
WAS HAST DU VOR ?
SNAPK
BAH ... TRANSPARISTAHL SCHMILZT NICHT GUT.
DU WAGST ES ... ? DAS IST EIGENTUM DER BÜRGER VON HOSK !
FWIET !
HURR ... ? WAS IST TONNE ... ? SPRENGKÖPFE ! LECKER ! VIELE REPULSORAGGREGATE ZU SCHMELZEN !

LEER?
ERZWO! SEI NICHT DUMM, JUNGE! LAUF!
FA-WHIET!
FA-WHIET!
HALTE STILL, KLEINER!

UH...?
POK

ZEET
ZEET
NYAAE!
GUT GEMACHT, JUNGE! EINE GUTE EINHEIT IMPROVISIERT MIT JEDEM MATERIAL, DAS SIE FINDET!
WO SIND DIE ANDEREN EINHEITEN?
VRIEP-A-DIT!
KRANG
SQUEEEE...
FROOOSH

TREADWELL, GIB MIR DEN BETÄUBUNGSSTAB.
WÄHREND 11-17 IHN ABLENKT, ÖFFNEST DU GROZBOKS HINTERE ZUGANGSKLAPPE!
SEHR GUT! JETZT TRETET ZURÜCK...
... UND MACHT PLATZ FÜR DEN LANGEN ARM DES GESETZES!
YYAARRKKZZT!

FROOOO...
ORDENTLICHE ARBEIT, EINHEITEN!
WENN WIR NUR OLAG EBENSO LEICHT AUFHALTEN KÖNNTEN ...
KLANG
DA FLIEGT ER... EINES TAGES, DU SCHURKE, EINES TAGES...
RRRMMBL
DER ENERGIEKERN! TRILLKA HAT ES NICHT GESCHAFFT!
DAS IST DAS ENDE, EINHEITEN!

FWUHT-A-DIET!
ICH SEHE ES, ERZWO!
AAIEEE!

DAS DÜRFTE OLAG BREMSEN!
ZURÜCK ZUR STATION, ERZWO! WIR MÜSSEN KALARBA MITTEILEN, DASS DIE GEFAHR BESEITIGT IST!
SPÄTER...
DREIPEO! DIR GEHT ES GUT!
IHR BEIDE SEID HEUTE DIE GROSSEN HELDEN, ERZWO!
SCHÖN, DICH WIEDERZUSEHEN, MASTER NAK! ABER ICH FÜRCHTE...
VERZEIHUNG, DREIPEO.
ERZWO HAT SICH ALS WERTVOLLER MITARBEITER ERWIESEN UND DIE POSITION EINER HILFSKRAFT BEI DER AUTOMATISCHEN SICHERHEIT DER HOSK-STATION AKZEPTIERT... UNTER EINER BEDINGUNG... NÄMLICH, DASS DREIPEO IHN BEGLEITET!
SEIN ERSTER AUFTRAG BESTEHT DARIN, MIR BEI DER FESTNAHME VON OLAG GRECK ZU HELFEN. WIR BRECHEN SOFORT AUF!

SCHON IN ORDNUNG, DREI-PEO. GUTE REISE!
THARENS AUGE BEHÜTET EUCH, FREUNDE!
TWUH-DA-VIEP.
ERZWO DANKT... GENAU WIE ICH!
KOMMT, EINHEITEN!
ÜBERNIMM DEN NAVI-COMPUTER, ERZWO!
OLAG WIRD VERSUCHEN, DAS ASCHENERZ AUF DEM SCHWARZMARKT ZU VERKAUFEN...
WENN WIR EINE LISTE DER MÖGLICHEN KÄUFER ZUSAMMENSTELLEN...
WIE-HUH-TWIEP?
DER CORELLIANISCHE SEKTOR? WILLST DU UNS UNBEDINGT IN GEFAHR BRINGEN, DU KLEINER...
VRAAP!
ICH MUSS SCHON SAGEN, ERZWO! WIE UNHÖFLICH!
ENDE